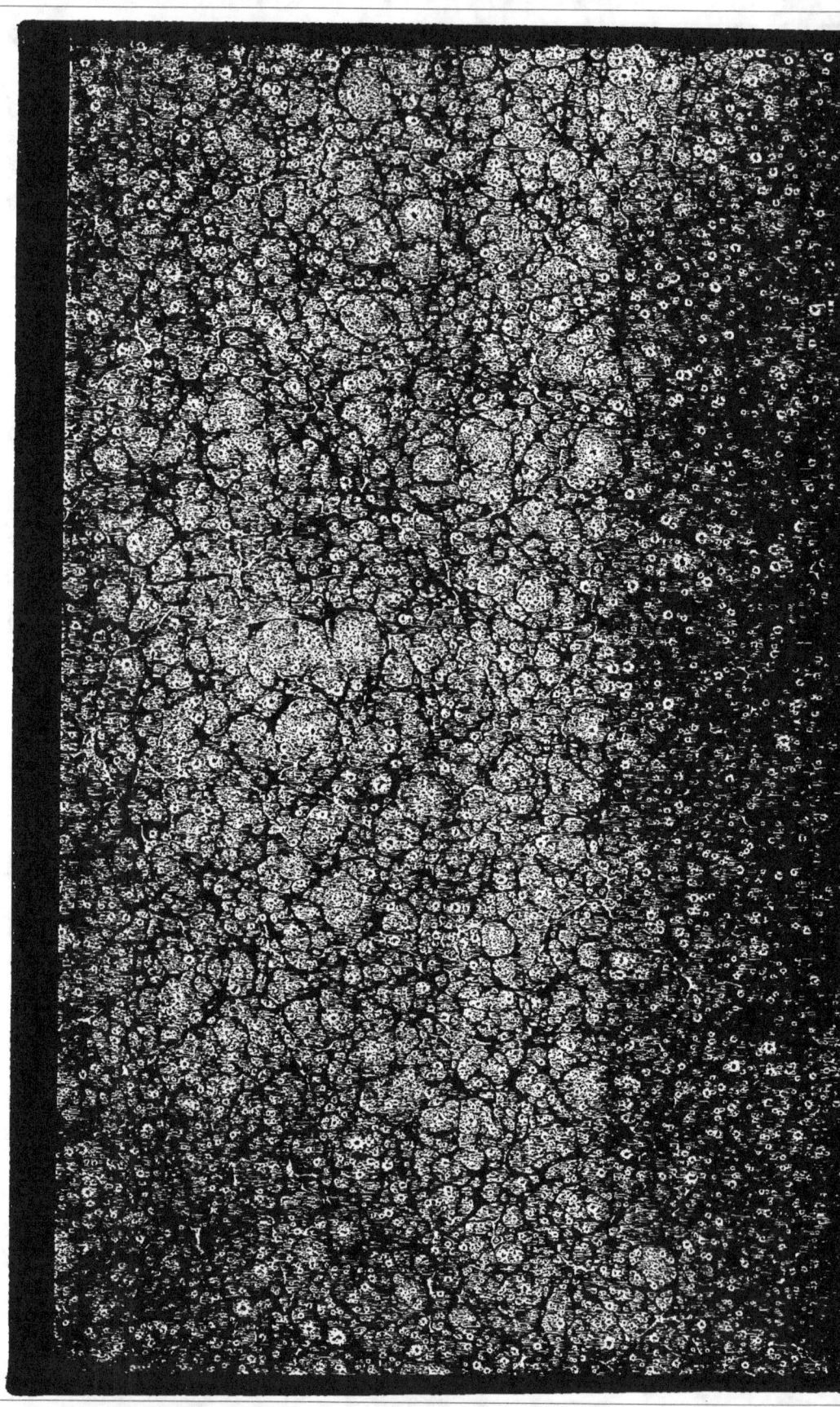

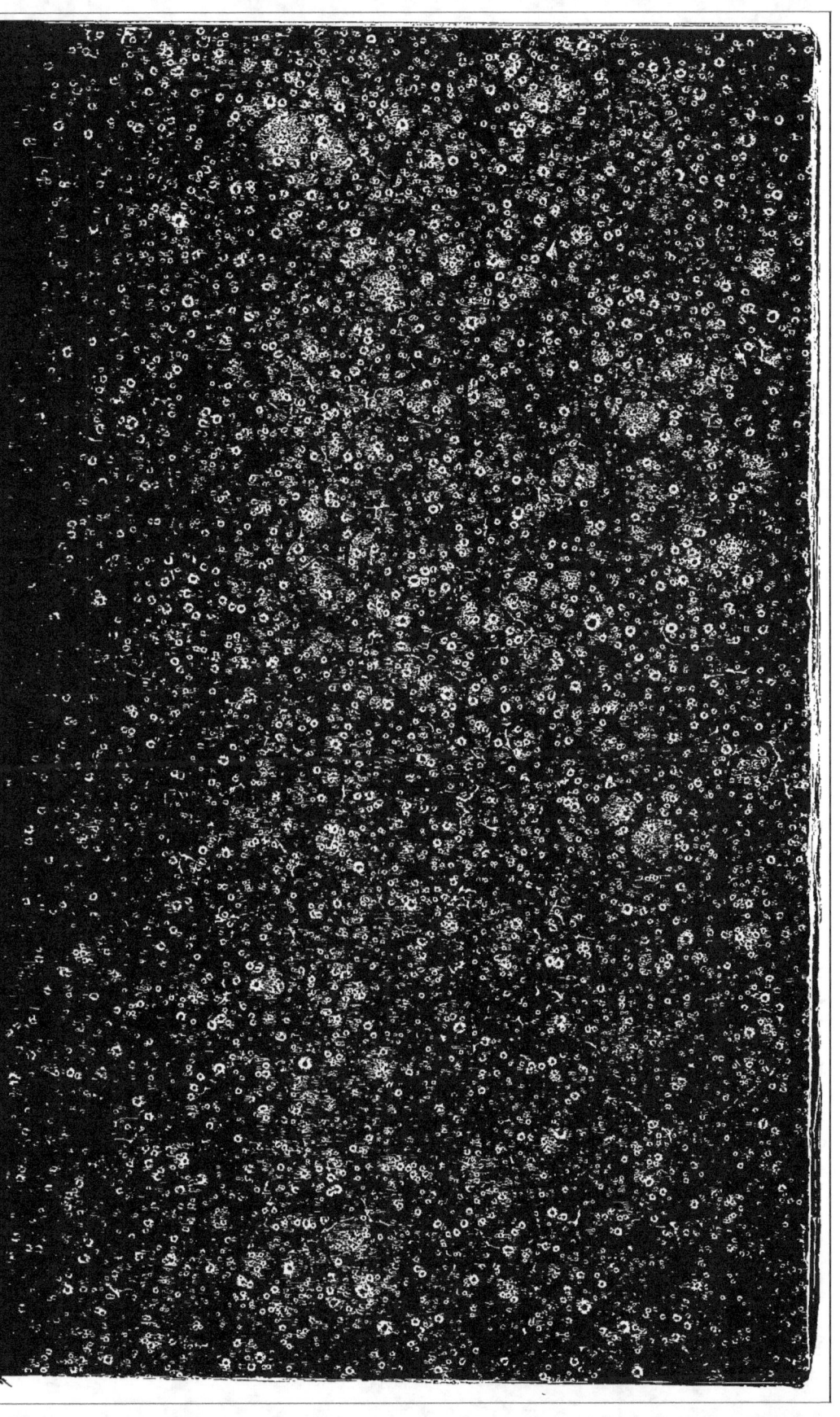

LE DÉCRET DU 13 NOVEMBRE

ET

L'ACADÉMIE

DES BEAUX-ARTS

OUVRAGES DU MÊME AUTEUR

LIBRE ÉTUDE SUR L'ART CONTEMPORAIN. — *Salon de 1859.* (Épuisé).

LA PEINTURE FRANÇAISE AU XIXe SIÈCLE. — *Les Chefs d'École,* 2e édition.
1 vol. in-12, 3 fr. 50 c.

L'ART ET LES ARTISTES MODERNES EN FRANCE ET EN ANGLETERRE. 1 vol.
in-12, 3 fr. 50 c.

LA VÉRITÉ SUR LE LOUVRE ET LE MUSÉE CAMPANA.

L'ART DANS LES RÉSIDENCES IMPÉRIALES. — 1. *Compiègne.* (Tiré à petit
nombre.)

EN PRÉPARATION

L'ART DANS LES RÉSIDENCES IMPÉRIALES :

    II. *Fontainebleau.*
    III. *Saint-Cloud.*
    IV. *Paris.* — Les Tuileries. — L'Élysée.

LES MUSÉES DU LOUVRE.

INTRODUCTION A L'HISTOIRE DE L'ART. Un fort volume in-8°.

PRÉCIS D'HISTOIRE DE L'ART. Un fort volume in-8°.

Paris, — Imprimerie de Pillet fils aîné, 5, rue des Grands-Augustins.

LE DÉCRET DU 13 NOVEMBRE

ET

L'ACADÉMIE

DES BEAUX-ARTS

SUIVI

Du Rapport de M. de Nieuwerkerke, Surintendant des Beaux-Arts,
Du Décret du 13 novembre,
De la Protestation de l'Académie,
Et de la Réponse de S. Exc. le Maréchal Vaillant, Ministre de la maison
de l'Empereur et des Beaux-Arts,

PAR

M. ERNEST CHESNEAU

PARIS

LIBRAIRIE ACADÉMIQUE

DIDIER ET Cᵉ, LIBRAIRES-ÉDITEURS

35, QUAI DES AUGUSTINS

1864

PRÉFACE

La séance du 20 janvier au Corps législatif a fait entrer dans une phase nouvelle la discussion relative au Décret du 13 novembre. Un orateur de l'opposition a attaqué la réforme de l'École des Beaux-Arts. Par cette attaque il a porté devant le pays tout entier un débat qui s'était maintenu jusque-là dans le monde spécial des arts.

Puisque la petite opposition académique en est venue à recruter des alliés, à chercher des organes au foyer de l'opposition politique, il appartient à ceux qui ont, dès le premier jour, salué la grande mesure d'où peut sortir la renaissance de l'art français, il est de leur devoir de ne pas plus reculer devant la parole de M. Pelletan qu'ils ne l'ont fait devant les écrits de M. Beulé.

C'est pour agir dans la mesure de ses forces que celui qui écrit ces lignes se décide à réunir les articles qu'il a publiés sur la question, au jour le jour, et selon le mouvement de la discussion. Il n'a d'autre prétention que d'avoir retracé successivement les faces diverses de cette discussion et affirmé sous toutes les formes sa pleine adhésion à un décret qui fait succéder la lumière et la vie aux antiques ténèbres, à l'inertie morne de l'École des Beaux-Arts.

On a joint à ces articles les *Documents officiels* insérés au *Moniteur*. Ils suffiront à éclairer le lecteur de bonne

1

foi. Qu'on parcoure les pages éloquentes de S. Exc. le maréchal Vaillant et de M. de Nieuwerkerke, et l'on saura à quoi s'en tenir sur le libéralisme des hommes qui revendiquent le monopole de toute idée libérale et combattent toute mesure généreuse dont ils n'ont eu ni l'initiative, ni le courage.

C'est aux artistes militants, c'est aux jeunes gens qui vont débuter sous le nouveau régime de l'École et qui ont quelque chaleur au cœur et à l'âme, c'est au public, juge souverain, que s'adressent ces pages.

Quand chacun se sera bien pénétré de cette conviction, que personne ne pousse plus loin le sentiment de l'intérêt national et l'amour désintéressé de l'art et des artistes que l'Auteur et les inspirateurs du Décret, on abandonnera, sans doute, pour ce qu'elles valent des protestations intéressées d'une part, et d'autre part systématiques, qui d'ailleurs ne tendent qu'à prolonger un état de choses funeste à la prospérité de l'art français, funeste par conséquent à la gloire de la France.

ERNEST CHESNEAU.

21 janvier 1864.

AVANT-PROPOS

Dans sa puissante initiative, qui se dirige avec une égale sol- licitude vers les moindres détails de l'intérieur et vers les som- mets les plus hardis de la politique européenne, l'Empereur a voulu que, pour la gloire de l'École française, il fût accompli un ensemble de réformes radicales dans l'administration des Beaux-Arts ; il les a rapprochés du trône en les plaçant dans les attributions du ministre de sa Maison, S. Exc. le maréchal Vaillant, un soldat illustre, un savant et un lettré, qui goûte toutes les formes intelligentes de la beauté. Il a créé la Surin- tendance des Beaux-Arts et l'a confiée à M. le comte de Nieu- werkerke, un artiste qui, comme Directeur général des Mu- sées, a fait depuis longtemps ses preuves d'homme de goût et d'administrateur. En quelques mois nous avons vu se mani- fester les effets de la sollicitude impériale.

On n'a pas oublié les paroles d'avenir prononcées par le ma- réchal Vaillant et par M. de Nieuwerkerke lors de la distribu- tion des récompenses qui suivit le Salon de 1863. Ces discours faisaient prévoir, ils annonçaient une réorganisation complète des expositions.

Le règlement pour le Salon de 1864 est venu depuis justifier l'attente du public, donner pleine satisfaction aux intérêts les plus généraux et aux intérêts particuliers, aux intérêts de l'art et des artistes. Peu de temps après, M. le Surintendant des Beaux-Arts livrait à la publicité son Rapport sur les travaux exécutés au Louvre depuis quatorze années, rapport si important et qui résume une période d'activité sans égale dans les annales de nos Musées.

De tels précédents avaient fait concevoir de plus hautes espérances. Nous attendions plus encore de l'administration nouvelle. L'attention était depuis longtemps portée vers l'enseignement, dont les règlements vermoulus craquaient de toutes parts, s'en allaient en ruines au détriment de notre École nationale. On appelait secrètement une réforme ; on y a compté dès le jour où l'on a vu l'administration des arts remise entre les mains du maréchal Vaillant et de M. le comte de Nieuwerkerke.

En effet, le *Moniteur* a publié, le 15 novembre 1863, un décret de l'Empereur qui réorganise l'École et l'enseignement de l'art à l'École. Ce décret est motivé par deux rapports : l'un du ministre, l'autre du surintendant. Le vieil échafaudage sur lequel reposait depuis quarante-quatre ans l'École des Beaux-Arts s'est à tout jamais écroulé ; il a fait place à une organisation nouvelle, appuyée sur une série de principes marqués au coin du libéralisme le plus large et le plus intelligent.

C'est cette organisation nouvelle et les attaques dont elle a été l'objet, que nous nous proposons d'étudier dans les pages qui vont suivre.

LE DÉCRET DU 13 NOVEMBRE

ET

L'ACADÉMIE DES BEAUX-ARTS

I

Le Décret du 13 novembre.

Pour apprécier dans son origine et dans ses résultats probables le Décret du 13 novembre, il n'est pas inutile de se rappeler qu'à l'exception de deux ou trois tentatives dignes d'éloges, le grand art était à peine représenté au Salon de 1863. Le succès que fait le public et le succès plus rare que font les artistes étaient acquis d'avance à toute espèce d'ouvrages plutôt qu'à la sculpture ou à la peinture d'histoire. Les tableaux de genre, les statuettes décoratives et le paysage avaient la préférence marquée des visiteurs, qui passaient fort indifférents devant les sujets historiques et devant les sujets religieux. Qui faut-il accuser de cette indifférence? Le public lui-même et le peu d'élévation de ses goûts, ou les artistes chargés de plaider la cause du grand art et leur peu d'éloquence? Dans cette alternative, il n'y a point à hésiter. La faute, s'il y a faute, revient toute entière aux interprètes qui avaient mission de nous convaincre et n'y ont point réussi. Cependant, depuis 1816 (pour ne remonter qu'à la dernière réorganisation de l'Académie des Beaux-Arts), l'État ne ménageait point les encouragements de toutes sortes au grand art: il existait une pépinière, renouvelée d'année en année, où devaient se recruter les jeunes talents destinés à en recevoir, conserver et propager la tradition.

Si, malgré les efforts de cette élite, qui compte aussi quelques défections, l'art français se jette de plus en plus dans les genres réputés secondaires, il en faut conclure de deux choses l'une : ou que notre tempérament artistique n'est plus de force à mettre à profit les grandes études, ou que ces grandes études sont viciées dans leur principe, qui est l'enseignement de l'École des Beaux-Arts. Cet enseignement a été longuement expérimenté. L'expérience a donné tous ses résultats. C'est en raison de ces résultats qu'il est depuis longtemps condamné par les esprits impatients, et qu'il vient de l'être définitivement et officiellement par le Décret du 13 novembre. Car il y avait une nouvelle épreuve à tenter avant de proclamer la déchéance irrémédiable de l'École française, et ce décret, tel que l'a motivé le Rapport de M. le Surintendant des Beaux-Arts, est conçu dans un esprit tellement large, intelligent et libéral, qu'il en sortira, s'il nous reste quelque vigueur, la régénération de l'art national.

Rappelons et mettons sous les yeux du lecteur les modifications apportées au règlement de l'École des Beaux-Arts. Elles sont au nombre de douze :

1° Création d'un emploi de directeur de cette école ;

2° Réforme dans le système de nomination aux places de professeurs ;

3° Création de chaires nouvelles de peinture, gravure, etc., ainsi que d'ateliers préparatoires, dirigés par des professeurs au choix de l'administration ;

4° Ouverture de cours gratuits à l'École des Beaux-Arts, faits par toute personne présentant à l'administration un programme qui promette un enseignement utile ;

5° Institution près l'École des Beaux-Arts d'un conseil supérieur d'enseignement ;

6° Suppression des concours préparatoires ;

7° Fixation de la limite d'âge à vingt-cinq ans révolus pour les concours aux grands prix ;

8° Suppression des seconds prix ;

9° Réduction à quatre années de la pension accordée aux lauréats, dont deux ans passés à Rome et deux autres dans des voyages ;

10° Suppression des grands prix de paysage ;

11° Augmentation de l'indemnité accordée aux pensionnaires ;

12° Introduction d'un jury spécial pour le jugement des concours des grands prix.

Tout le monde sentait depuis des années que l'École des Beaux-Arts, telle qu'elle était constituée, menaçait de s'écrou-

ler. Mais, pareille à ces ruines de pierre qui n'ont d'autres
titres que leur état de ruines au respect de certains anti-
quaires, il semblait que ce fût à qui n'y porterait point la
main. Ceux-là mêmes qui jusqu'à ce jour avaient mission de
conserver le vieil édifice paraissaient craindre d'y faire les ré-
parations propres à le consolider, à le faire durer un peu plus
longtemps. C'était plus que du respect, une véritable supers-
tition. Aussi de toutes parts a-t-on salué avec un sincère en-
thousiasme l'urgente, l'indispensable réforme qui vient de
s'accomplir ; soyons plus francs et ne nous en tenons point à
ce mot de réforme : disons que dans tous les camps, excepté
à l'Académie, on applaudit à la création de la nouvelle École
des Beaux-Arts. Nous ne pouvons reprendre et étudier un à
un les douze articles que nous venons de reproduire, mais
nous les suivrons dans leur développement. La première objection qu'ils aient soulevée porte sur les paragraphes 1 et 2. On
a unanimement approuvé la nomination de M. Robert Fleury
au poste de directeur de cette école ; mais un journal, *le
Temps*, a cru voir une atteinte à la liberté dans le mode
de nomination du directeur et des professeurs, si naturellement rendu à l'administration. Pour ce qui est de la légitime
sauvegarde de l'intérêt administratif et des droits ministériels,
je renvoie à la première partie si parfaitement concluante du
Rapport. Mais j'insiste sur l'intérêt purement artistique de
cette excellente mesure. C'est au nom même de la liberté de
l'enseignement qu'elle a été prise.

Il ne faut point se dissimuler, en effet, que le corps des professeurs se recrutant de lui-même, il n'y avait point à espérer
qu'il nommât des hommes dont le talent franchement original eût été en contradiction avec les errements d'une tradition
parfois dénaturée et dégénérée en routine. Ce corps distingué
était composé pour la plupart de membres de l'Institut et
considéré par les autres professeurs non académiciens comme
l'antichambre de l'Académie des Beaux-Arts. Cette situation
lui imposait une attitude par trop soumise à l'influence
d'un groupe d'hommes éminents, mais exclusifs dans leurs
doctrines.

L'enseignement ou plutôt (car il y avait peu d'enseignement) les tendances générales de l'École étaient donc, par le mode de recrutement des professeurs, nécessairement, infailliblement exclusives. L'État, qui veut l'art libre, devait par conséquent choisir lui-même les professeurs chargés d'enseigner, s'en rapportant pour ses choix à la notoriété que donne l'opinion publique. Ainsi se trouve enfin rompue, au profit de l'originalité et du généreux développement des aptitudes individuelles, « cette sorte de filière où devaient passer les jeunes artistes, » et qui semblait « fondée sur une opinion qui, aux termes du Rapport, ne mérite guère d'être discutée, à savoir qu'*avec de la patience et de la mémoire on atteint le but.* » Désormais les jeunes gens ne se représenteront plus l'art «*comme une longue allée droite au bout de laquelle on arrive avec de la patience.* »

Passons au troisième paragraphe, qui indique la création de chaires nouvelles pour l'enseignement de la peinture, de la gravure, et aussi des règlements administratifs et de la pratique des opérations sur le terrain qui concernent spécialement les architectes. Outre les cours d'histoire de l'art et d'esthétique, d'anatomie, de perspective, de mathématiques élémentaires, de géométrie descriptive, de géologie, physique et chimie élémentaires, d'administration et comptabilité, construction et application sur les chantiers, d'histoire et d'archéologie; il y aura donc à l'École, désormais, trois ateliers de peinture, trois ateliers de sculpture, trois ateliers d'architecture, un atelier de gravure en taille-douce, et un atelier de gravure en médailles et pierres fines.

L'innovation inscrite au quatrième paragraphe, pour être moins importante, n'est pas moins intéressante. J'y vois une promesse formelle pour l'avenir, la garantie que l'administration des arts ne reculera devant aucune amélioration reconnue nécessaire, complément encore imprévu de ce premier et vigoureux effort. Il s'agit en effet de l'ouverture de cours gratuits faits par toute personne présentant un programme qui promette un enseignement utile. Quoi de plus large et de plus fécond ! Mais ce qui me frappe encore davantage que cette mesure, ce sont les motifs donnés à l'appui :

« Pour mieux expliquer ma pensée, dit M. le Surintendant,

citons au hasard quelques exemples des leçons qui, à notre sentiment, pourraient être faites avec utilité. Un érudit s'est occupé de recherches sur les costumes des anciens, qu'il en fasse part aux amateurs de la vérité historique. » — Pourquoi M. Charles Blanc, par exemple, ne professerait-il pas à l'École le résultat des études qui l'ont amené à entreprendre sa *Grammaire des arts du dessin?* — « Un chimiste a trouvé des couleurs nouvelles, ou bien un amateur a découvert quelques procédés des maîtres anciens, qu'ils en démontrent publiquement les avantages. » — Ici vient se placer tout naturellement le nom de M. Chevreul, exposant sa *Loi du contraste simultané des couleurs.* — « Un médecin a étudié le mouvement des muscles produit par les différentes passions, il aura plus d'une leçon intéressante à faire. » — Le docteur Duchenne (de Boulogne) aurait en ce sens à démontrer le mécanisme de la physionomie humaine à l'aide de ses expériences si curieuses d'électro-physiologie. — « Un critique, enfin, s'est-il fait une théorie du beau, qu'il l'explique. » — Supposez un Gœthe, un Schiller, faisant de telles leçons; plus près de nous Stendhal, parlant de l'Italie, M. Fortoul de l'Allemagne, M. Alfred Dumesnil de Rembrandt ou de Palissy, M. Ch. Levêque de Phidias, M. Rio de l'art chrétien, M. Ch. Blanc du XVII\u1d49 siècle français, MM. de Goncourt du XVIII\u1d49. Quelle série de leçons savantes ou charmantes, instructives et piquantes ! Quelles sources d'idées nouvelles ouvertes en ces jeunes esprits ! Quelle fécondité d'aperçus, quelle liberté ! J'en atteste le Rapport, qui continue ainsi : « Nous verrions très-peu d'inconvénients à ce que, dans la même enceinte, on développât des systèmes très-différents; que, par exemple, on prêchât tour à tour l'imitation servile de la nature, et la recherche d'un type idéal. *Tout ce qui peut exciter la pensée chez les élèves est utile.* Il n'y a qu'un danger, c'est qu'ils se représentent l'art comme une longue allée droite au bout de laquelle on arrive avec de la patience. Il convient que de bonne heure ils mesurent l'étendue de la carrière où ils s'engagent, et qu'ils sachent bien qu'on n'arrive au but qu'après les méditations les plus sérieuses et *l'exercice continuel de toute l'intelligence.* Socrate, fils d'une sage-femme, se comparait à un accoucheur. Par son enseignement il savait obliger ses disciples à produire le plus grand effort dont leurs facultés étaient susceptibles. Il les habituait à penser par eux-mêmes. C'est une éducation analogue que nous voudrions pour nos jeunes artistes, et tout exercice tendant à ce but peut et doit leur être recommandé. »

Tout a été prévu. Ceux qui auront une idée n'ont qu'à se présenter. Une tribune les attend, sans autre difficulté qu'une simple formalité qui ne serait en tous cas qu'une formalité de politesse, de courtoisie et de bon goût.

Quelles vastes perspectives ! A mon sens, là est le fond de la grande réforme, l'engagement de l'avenir. Tout le Décret est sorti de là, de ce large esprit qui a dicté ces lignes après avoir tracé le règlement du Salon de 1864. C'est une invitation formelle, un encouragement à tous les genres de talent, une garantie qu'ils seront tous sollicités, compris et récompensés.

Cela est si clair que je glisse sur les paragraphes 5, 6, 7, 8 et 9, que leur énoncé seul justifie, pour en arriver au *dixième*, relatif à la suppression des grands prix de paysage. Quelques personnes ont cru voir dans le fait de cette suppression une atteinte indirecte au genre qui a le plus contribué peut-être à l'illustration de l'école française moderne. Nous osons dire que, par cette interprétation, on méconnaîtrait absolument le sens général du Décret et du Rapport, qui font l'un et l'autre, au contraire, un éclatant appel à la supériorité dans tous les genres indistinctement. Comment s'exprime le Rapport ? « Tous les quatre ans, un concours de paysage est ouvert, dans lequel un grand prix est décerné. Pourquoi ce grand prix de paysage ? *Pourquoi diviser la peinture en genres ?* » On ne songera sans doute pas à contester que plus l'enseignement est élevé, plus l'artiste qui l'aura reçu sera maître de ses procédés, vers quelque genre que le portent ensuite son talent et ses aptitudes personnelles. Peut-être le Rapport est-il trop affirmatif lorsqu'il déclare que tout grand peintre d'histoire a été un grand paysagiste. Il est certain que l'on peut contester à Raphaël, à Le Brun, à M. Ingres, le titre de paysagiste ; mais Titien, Rubens, Poussin, n'ont-ils pas eu au suprême degré l'intelligence du paysage? Et, poursuivant cette recherche, croit-on que la science de la figure eût gêné l'essor du génie de Claude Lorrain, qui était forcé de recourir à des mains étrangères pour animer ses compositions admirables?

D'ailleurs, pourquoi s'arrêter à une phrase, à un mot du Rapport? Etudions le fait en lui-même de cette suppression. Récapitulons rapidement les noms célèbres du paysage moderne. Quels sont-ils? MM. Paul Huet, Théodore Rousseau, Cabat, Camille Roqueplan, Flers, Français, Jules André, Jules Dupré, Daubigny, n'est-ce pas? Combien de ceux-là sont sortis de l'École des Beaux-Arts? — Pas un! Le concours de paysage historique a été fondé en 1817. Voici les noms des lauréats depuis cette époque jusqu'en 1857 : MM. Michallon, Rémond, Giroux, Gibert, Prieur, Buttura, Lanoue, A. Benouville, Lecointe, Bernard, Jules Didier. Toutes réserves faites pour M. Didier, une mention honorable étant donnée à Michallon, à Buttura, à MM. Giroux et Benouville, — qui se souvient des autres noms? Personne. Et on les a oubliés parce que le système de l'enseignement du paysage était vicieux en principe, parce qu'on n'enseigne pas le paysage, parce qu'on a ou l'on n'a pas en soi le sentiment de la nature, et qu'on ne le puise pas à l'atelier; en un mot, parce qu'on ne fait pas du paysage d'après la bosse.

On connaît le fait suivant. Le peintre Lethière, présidant un des concours de paysage où devait nécessairement figurer un platane, voit s'allonger le visage des concurrents. Aucun d'eux peut-être n'avait vu de platanes. Lethière dessine rapidement une feuille de l'arbre, la montre aux élèves et leur dit : «Maintenant, Messieurs, allez!» N'est-ce pas ce jour-là qu'il fallait supprimer le concours de paysage?

Cette suppression, enfin décrétée, est donc un hommage réel rendu à la supériorité de l'École moderne, un hommage au bon sens et surtout un hommage aux beautés pénétrantes et profondes de la nature naturelle. Je ne puis donc voir qu'une erreur typographique ou un *lapsus calami* dans cette phrase du Rapport, qui a ému quelques paysagistes : « Nous pensons qu'il n'y a qu'un genre de peinture, et c'est le plus élevé, *qui ait droit aux encouragements* de l'administration. » Sans nul doute cela veut dire : « *qui ait droit à l'enseignement gratuit* de l'administration. » La liste des acquisitions faites à la suite du dernier Salon en est la preuve. Et nous ne craignons guère d'être démenti en répétant que le sens du Rapport est d'un souffle trop libéral et trop large pour que l'on puisse admettre une telle restriction si défavorable au genre du paysage.

Le point en litige nous paraît assez clairement élucidé maintenant. Avant de conclure, rappelons le sens excellent des autres réformes. L'institution d'un conseil supérieur d'enseignement est une nouvelle garantie de la sérieuse attention que veut apporter l'administration à surveiller et à favoriser le développement des études. Quant aux concours préparatoires, également supprimés, on sait quelle stérile perte de temps ils occasionnaient, quels faux droits créaient ces concours et l'inutile institution des seconds prix. C'était la porte ouverte au parasitisme des médiocrités.

Enfin, qui n'approuverait la réduction à quatre années de la pension accordée aux lauréats, avec une augmentation de traitement, le séjour à Rome obligatoire pendant deux ans seulement, les deux autres occupés en voyages, la fixation de la limite d'âge à vingt-cinq ans révolus pour les concours aux grands prix ? Toutes ces mesures se tiennent. Qu'en résultera-t-il ? Que nos lauréats, au lieu de nous revenir de Rome à trente-six ans, dépaysés, oubliés, seront revenus à trente ans, à l'âge de la force et de la production, ayant vu non-seulement l'Italie, mais, selon que leur tempérament les portera vers l'austérité classique, vers les magnificences de la lumière, vers l'observation de la réalité expressive, ou de la réalité extérieure, ayant vu la Grèce ou l'Orient, l'Allemagne ou la Hollande, l'Espagne ou l'Angleterre, ayant étudié les grands maîtres des diverses écoles là seulement où on peut les bien voir, dans le centre même où ils ont produit leurs plus belles œuvres, belles chacune d'une beauté différente, selon l'inspiration des génies de leurs races et de leur propre génie.

Concluons. En étudiant le résultat des derniers concours, il y avait lieu de s'inquiéter et de se demander ce que produiraient les concours de l'an prochain, qui se présenterait pour y prendre part ? Pendant que la critique gémissait sur un ton unanime, l'inépuisable sollicitude de l'Empereur provoquait et accueillait la réforme radicale de l'École des Beaux-Arts. Cependant les quelques parties saines, les quelques pierres non entamées de l'ancien édifice ont été utilisées dans cette réédification, et surtout les positions acquises ont été autant que possible respectées, les modifications n'ont été opérées qu'avec les plus grands ménagements pour les personnes. Si l'influence de l'Académie sur l'École a été sensiblement diminuée, c'est une véritable charge qui a été enlevée à l'illustre corps. Dégagé des petits soucis, des petites rivalités, des petites passions de l'enseignement, il lui restera plus de temps pour se livrer à ses précieux travaux, qui font sa gloire et la gloire de la France. Son autorité, son expérience ont leur action désignée d'avance au sein du conseil supérieur.

Le Décret du 13 novembre nous a donc fait éprouver la plus vive satisfaction, celle de voir un de nos chers vœux réalisé plus complétement encore que nous n'aurions osé l'espérer. Et ici, je le sais, je suis l'interprète d'un grand nombre d'artistes qui n'ont point hésité et, de cœur et d'esprit, ont approuvé la mesure si juste, si énergique que M. de Nieuwerkerke a vaillamment motivée dans son remarquable Rapport. Insistons donc, car on ne saurait trop y insister, sur le sens entièrement, absolument libéral de ce document, qui ouvre devant les artistes résolus et doués d'un talent réel des perspectives infinies. Il n'y a pas à le dissimuler, le Décret du 13 novembre est grave, et il est grand, parce qu'il n'est autre chose qu'une tentative de régénération de l'art par les artistes eux-mêmes, avec le concours de la haute administration. Il opère la fusion de ces points considérés comme habituellement opposés : l'administration et l'art libre. Il est le signal d'une nouvelle école qui datera de cette réforme, à laquelle le nom de M. de Nieuwerkerke restera attaché. Il déclare la pensée affranchie, désormais guidée, mais non plus entravée; impulsion féconde imprimée à l'activité de nos artistes.

J'entends quelquefois demander l'enseignement obligatoire; moyen douteux au service d'une bonne cause. Dans l'art on obtiendra de plus sûrs résultats par la liberté qui vient d'être rendue à l'esprit de l'enseignement. Il y a en ce moment, dans les diverses branches de l'administration, un concert visible d'efforts en faveur de l'instruction et du travail. C'est là, pour nous, la vraie révolution, la révolution intelligente, morale, celle qui s'accomplit sans troubles, sans déchirements, celle qui agit, et qui prend pour devise : *Acta, non verba* ; peu de paroles, mais des faits.

II

La Réponse de M. Ingres [1].

Le Décret du 13 novembre a été accueilli, par la presse et par tous ceux qui s'intéressent aux destinées de l'art français, avec un sentiment d'approbation à peu près unanime. Tout le monde a rendu justice à cet acte de bon sens, qui était aussi un acte de justice, à cette œuvre de vigueur devenue indispensable et qui est, par sa vigueur même, une œuvre d'apaisement et de conciliation. Le Décret, en effet, tel qu'il est motivé par le Rapport du Surintendant des Beaux-Arts, n'a fait qu'exécuter tout d'un coup ce que l'Académie aurait dû accomplir au jour le jour, depuis quarante-cinq ans. Si elle avait modifié progressivement l'organisation de l'École, si elle avait tenu compte du mouvement que le temps apporte nécessairement dans l'esprit et dans les besoins intellectuels des générations, l'Académie n'aurait pas laissé se creuser peu à peu cet énorme arriéré qu'il a fallu combler par décret impérial. Pendant que nous tous, amateurs, artistes et critiques, nous nous félicitions de cette mesure, prise avec une si juste fermeté, deux voix s'élevaient pour protester. Ces deux voix, j'ose à peine les nommer auprès l'une de l'autre, tant ce rapprochement de noms doit paraître incroyable. Si je n'avais sous les yeux, ici une brochure, là un article de journal, j'aurais peur de paraître bien peu informé en disant qu'un élève de David et un disciple de Courbet, un sénateur et un écrivain du *Courrier du Di-*

---

1. *Réponse au Rapport sur l'École impériale des Beaux-Arts*, par M. Ingres, sénateur, membre de l'Institut. (Chez Didier.)

manche, un vénérable octogénaire, défenseur toujours passionné de la tradition classique, et un jeune homme, défenseur officiel des victimes du réalisme, se sont trouvés d'accord pour faire la même guerre au Décret du 13 novembre. Comment croire à une alliance entre deux hommes dont l'un a signé *l'Apothéose d'Homère,* et dont l'autre signait sans rire, il y a quelques mois à peine, à la fin d'un compte-rendu du Salon, la vision, la fiction dont j'extrais ces lignes :

Ingres, Delacroix, Courbet, tous trois sont morts. Mais l'opinion publique, qui ne ment pas devant les fosses fermées, a rétabli chacun à son rang véritable. Pour elle, Ingres est un petit peintre besogneux et rétif, qui n'a même pas atteint les derniers peintres de la décadence italienne ; Delacroix, un écervelé turbulent, qui a cru que l'art était synonyme d'aliénation mentale. Courbet seul rayonne et, pour trouver dans le ciel une étoile d'un éclat aussi pur que le sien, il faut monter jusqu'aux plus grands noms de l'art universel, Léonard de Vinci, Giorgion, Raphaël, Rembrandt, Velasquez et Poussin.

Je pourrais prolonger la citation, on sourirait d'y voir M. Courbet appelé « le modèle des peintres, la gloire de l'école française, » et une très-plate ébauche, *le Retour de la conférence (les Curés ivres),* considérée comme un des plus immortels chefs-d'œuvre de l'artiste. Mais ce fragment suffira à justifier notre étonnement en nous voyant forcé d'unir les noms de MM. Ingres et Castagnary. Nous n'y pouvons rien, l'alliance est consommée, proclamée à la grande joie des curieux, de ceux que ces choses-là n'attristent pas et qui se réjouissent déjà de voir M. Ingres donner sa voix à M. Courbet, pour entrer à l'Institut. Nous allons maintenant passer en revue les réponses de l'un et de l'autre critique. Si nous avons insisté sur le rapprochement de ces deux noms, c'est qu'il fallait bien montrer qu'en fait de coalition il n'est point d'énormité devant laquelle recule l'esprit de parti.

Avant de présenter au lecteur les arguments de M. Ingres contre le Rapport, nous devons signaler une petite ruse de l'auteur de la *Réponse.* Il affecte de ne considérer les changements *réalisés* que comme des changements *projetés.* Il ne pouvait pas ignorer que le Rapport et le Décret ont paru à la même date dans *le Moniteur*, le 15 novembre. Grâce à ce déplacement de la question par hypothèse, l'Académicien a entrepris de discuter ce que le Sénateur aurait assurément respecté, et même il a discuté avec une certaine violence de formes que la fréquentation de nos Parlements n'a pas encore su adoucir. Mais il faut beaucoup pardonner à l'inexpérience passionnée de l'écrivain, qui ne se ménage pas lui-même et qualifie son propre travail par le mot *fastidieux*.

Nous avons plus de respect pour tout ce que produit M. Ingres, et voilà de ces expressions qui ne nous échapperont jamais. Ce petit fait nous prouve cependant que le manque de mesure est souvent dangereux. Celui qui éloigne de son esprit la mesure et l'exacte observation en arrive promptement à cet excès où tout ce qui n'est pas son idée, tout ce qui diffère de son propre sentiment, le choque et le blesse comme une attaque personnelle. Il y a dans la boutade de M. Ingres la révolte d'une personnalité excessive qui se cabre pour n'avoir pas été consultée. Je crois avec lui, très-volontiers, en effet, que si l'on avait demandé conseil à l'Académie, la réforme si ardemment souhaitée ne se fût pas accomplie de sitôt [1]. Mais puisque l'Académie déclare que les mauvaises tendances augmentent chaque jour, pourquoi n'a-t-elle rien fait pour leur opposer une digue, ou au moins pour prendre la direction du courant? Il faut diriger ce qu'on ne peut vaincre. Tout dépend un peu, il est vrai, du point de vue où l'on se place. M. Ingres pense qu'il n'y a de salut que dans la routine académique; le Rapport exprime l'idée précisément opposée. Il eût donc été difficile de s'entendre, si longue qu'eût été la consultation.

Comme préliminaire à la réfutation du Rapport, M. Ingres lance quelques traits contre le Romantisme, — nous reprendrons ce sujet tout à l'heure, — et contre l'industrie, qui n'est pas en question. « Maintenant on veut mêler l'industrie à l'art, » dit-il, et il s'écrie : « L'industrie! nous n'en voulons pas! Qu'elle reste à sa place et ne vienne pas s'établir sur les

---

1. On n'avait pas oublié l'échec de M. de Montalivet en 1831.

marches de notre école, vrai temple d'Apollon, consacré aux arts seuls de la Grèce et de Rome. » Qu'y a-t-il sous cette phrase, que rien dans le Rapport n'a pu motiver? M. Ingres est-il jaloux de la pauvre petite exposition des beaux-arts appliqués à l'industrie? Comme artiste, ne devrait-il pas être fier, au contraire, de voir que l'industrie reconnaît ouvertement sa faiblesse lorsque l'art lui refuse son secours? Mais c'est le parti adopté par M. Ingres de renverser les termes des propositions. Il a appris (non par le Rapport, qui n'en dit mot,) que l'on se préoccupait de faire pénétrer l'art dans l'industrie; il déclare le contraire, c'est-à-dire que l'on veut *mêler* l'industrie à l'art. Si M. Ingres avait lu le Décret avec des yeux moins prévenus, il se serait aperçu que l'on s'était inquiété précisément de relever celui de nos arts que l'industrie menace le plus, je veux parler de la gravure. Créer un atelier de gravure à l'École, n'est-ce pas de la part du gouvernement un acte de protection en faveur d'un art qui fut une des gloires de la France, et auquel, par les progrès de la gravure de commerce et de la photographie, l'industrie porte chaque jour des coups mortels? M. Ingres blâme énergiquement la création de cet atelier; c'est donc lui qui laisse ouverte à l'industrie la porte du «temple d'Apollon. »

En dépit de notre profond respect pour la haute situation qu'une longue vie et d'honorables travaux ont faite à M. Ingres dans l'Etat et dans l'art contemporain, nous sommes forcé de tracer une ligne de démarcation entre les œuvres sorties de son pinceau et celles qui sortent de sa plume. Autant les unes sont remarquables par la sérénité, le calme et la logique qui ont présidé à leur conception, autant les autres, j'ai regret à le dire, sont manifestement hâtives et peu réfléchies. Dans la discussion du Rapport, M. Ingres oppose purement et simplement une suite de dénégations ou d'affirmations à toutes les réformes si soigneusement motivées par M. le comte de Nieuwerkerke. Il émet, sans raisons à l'appui, les assertions les plus inattendues ou le plus formellement contraires au sentiment général. Il introduit dans sa réponse des arguments inutiles contre des propositions imaginaires.

C'est ainsi qu'il « ne reconnaît à personne la prétention de se connaître assez en art pour se croire plus artiste que les artistes eux-mêmes, lorsque surtout ces artistes sont des membres de l'Institut,» et par conséquent, pour enseigner. Comme s'il était question de faire enseigner la peinture par des amateurs et non par des artistes qui, le plus souvent, seront pris dans l'Académie [1].

C'est ainsi qu'il affirme que « l'École a *droit* d'enseigner sans contrôle. » Pourquoi ce *droit* et pourquoi *sans contrôle* à une époque où le contrôle existe à tous les degrés de l'échelle politique, dans tous les genres d'activité sociale et intellectuelle? L'école elle-même n'appelait-elle pas le contrôle du public en exposant chaque année les œuvres de concours pour les grands prix et les envois de Rome?

C'est ainsi que la nomination d'un conseil supérieur d'enseignement dénote, selon M. Ingres, « une défiance injuste et humiliante pour la dignité des professeurs.» Le corps de l'Université tout entier est donc tenu en une singulière défiance puisqu'il est dominé, lui aussi, par un conseil supérieur. Et comment se compose le conseil de l'École? Il y entre quatorze membres. Huit font partie de l'Institut; les six autres sont des hommes à qui M. Ingres ne refusera point une certaine compétence en matière d'art. Qu'il me suffise de nommer M. le duc de Morny, le directeur de l'administration des Beaux-Arts, M. Théophile Gautier, etc.

J'arrive enfin à une approbation franche, nette, sans réserve d'une des propositions du Rapport. Voici comment elle est formulée :

« Le rapport propose *d'augmenter la subvention attribuée aux élèves de Rome.* »

RÉPONSE.

« Toute augmentation des bienfaits de l'État sera accueillie avec reconnaissance. »

L'auteur de la *Réponse* reconnaît également qu'on n'apprend pas à faire du paysage. Mais, après deux concessions dont l'une est assez plaisante, M. Ingres reprend son système d'alléga-

---

1. Sur les dix professeurs chargés d'enseigner la peinture, la sculpture, l'architecture et la gravure en taille douce, il y a cinq membres de l'Institut.

tions un peu trop irréfléchies ; le Rapport n'a exprimé nulle part le désir « que l'administration fût seule juge des expositions » et des concours. Et, malgré les protestations de l'honorable sénateur, il est permis de croire que tous les juges éclairés et compétents ne sont pas à l'Institut. Ce qu'on est disposé à contester, ce n'est point la compétence de l'Académie, mais la largeur de ses jugements marqués (la brochure de M. Ingres en est la preuve) au sceau d'un parti pris absolument exclusif. — Je cite encore quelques exemples des procédés de discussion et de réfutation adoptés par M. Ingres.

S'agit-il de réforme dans le mode de nomination des professeurs ? Il déclare que « le régime *actuel* des nominations (actuel pour ancien) satisfait à tous les besoins de l'École et à son enseignement. » Quelles raisons donne-t-il ? Aucune.

S'agit-il de créer des chaires nouvelles de peinture, gravure, etc. ? Il déclare que cela n'est point nécessaire. Quelles raisons donne-t-il ? Aucune. Je me trompe. M. Ingres donne pour raison que l'École ne doit enseigner que les trois grands arts : la peinture *par le dessin*, la sculpture et l'architecture. » S'il en est ainsi, pourquoi l'École n'a-t-elle pas supprimé depuis longtemps le prix de gravure en taille-douce, en médailles et sur pierres fines ? Que pensera de cette assertion l'honorable M. Gatteaux, ami de M. Ingres, graveur en médailles, membre de l'Institut ? Qu'en pensera notre illustre graveur en taille-douce, M. Henriquel Dupont, membre de l'Institut ?

On aura remarqué dans cette citation de la *Réponse* que M. Ingres s'élève contre l'enseignement de la peinture autrement que par le dessin. C'est la seconde fois que l'auteur revient sur ce point dans sa brochure, et sa théorie, qui contient quelques vérités, mérite d'être exposée :

« L'École des Beaux-Arts, il est vrai, n'a pas d'école de peinture proprement dite, elle n'enseigne que le dessin ; mais le dessin est tout, c'est l'art tout entier. *Les procédés matériels de la peinture sont très-faciles et peuvent être appris en huit jours ;* par l'étude du dessin, par les lignes, on apprend la proportion, le caractère, la connaissance de toutes les natures humaines, de tous les âges, leurs types, leurs formes et le modelé qui achève la beauté de l'œuvre.

» Les grands maîtres nous ont laissé, par des dessins innombrables de compositions et d'études d'après nature, des exemples que nous devons suivre, car il ne se voit pas une seule étude peinte d'après nature, de leur main; c'est d'après ces études dessinées qu'ils peignaient leurs admirables œuvres.

» Je citerai, à cette occasion, ce que disait le Poussin : « Cette » application singulière, dit-il, à étudier le coloris n'est qu'un ob- » stacle qui empêche de parvenir au véritable but de la peinture, » et celui qui s'attache au principal acquiert par la pratique une » assez belle manière de peindre. »

Il est vrai de dire que, par l'étude du dessin, par les lignes « on apprend la proportion, le caractère, la connaissance de toutes les natures humaines, de tous les âges, leurs types, leurs formes et le modelé qui achève la beauté de l'œuvre. » Quant à Poussin, on a le droit de regretter qu'il n'ait point eu «cette application singulière à étudier le coloris, » car cette lacune constitue précisément le défaut capital de sa peinture. Il s'est trop attaché « au principal, » et, malgré sa longue pratique, il n'a jamais acquis une « belle manière de peindre. » Pour revenir à l'assertion de M. Ingres, est-il vrai que le dessin soit tout, soit l'art tout entier, que les procédés matériels de la peinture soient très-faciles et puissent être appris en huit jours?

Si le dessin est tout, s'il est l'art tout entier, pourquoi se sert-on de couleurs ? Sans doute, le dessin est l'élément essentiel de la peinture, mais à ce titre supprimera-t-on de l'histoire de l'art l'école flamande et l'école hollandaise? D'autre part, j'ose affirmer que les procédés matériels de la peinture sont extrêmement compliqués et exigent l'étude de toute la vie. C'est ce que prouvent ces changements de manière que l'on observe si fréquemment dans la vie des maîtres. Je ne sais si M. Ingres a étudié attentivement les procédés des peintres coloristes; je crains que non, sans quoi il n'eût point déclaré que leur pratique s'apprenait en huit jours. Lorsqu'on analyse, par exemple, les tableaux de Véronèse, on aperçoit trois modes d'exécution successifs pour la même toile : d'abord une large esquisse très-montée de ton, poussée dans toutes ses parties à peu près jusqu'à moitié de l'effet définitif. Sur cette esquisse, e maître revient lentement, modelant minutieusement les moindres détails. Il reprend enfin le travail général, auquel il donne sa valeur d'effet par une retouche superficielle, par l'application de glacis, par des retours de vigueur posés nettement, carrément, sur le modelé primitif. C'est là un procédé qu'on n'apprend pas en huit jours. C'est là ce qui fait qu'une main peinte par Véronèse, même dans une œuvre décorative (*la Chute des vices*, par exemple), a ce relief, cette puissance et cette largeur tout à la fois que n'ont point les œuvres contemporaines ; je parle des plus célèbres. Le premier élève venu peut copier un tableau moderne de manière à tromper le regard de l'auteur, qui, en effet, aura appris à peindre en huit jours. Mais placez un élève, même fort, devant un tableau de maître italien, ou devant un Rubens ; sa copie, si fidèle qu'elle soit, paraîtra creuse ; elle manquera de fermeté, de *dessous*, parce qu'il aura, lui aussi, appris à peindre en huit jours. D'où je conclus qu'il est urgent d'enseigner la peinture aux élèves de l'École, et que le dessin, cette partie fondamentale de la peinture, n'est pas tout, n'est pas l'art tout entier.

David sans doute pensait de même, puisque ses élèves peignaient au moins autant qu'ils dessinaient. Lorsque M. Ingres avait un atelier, il pensait de même aussi, puisque ses élèves peignaient chez lui toute la journée et ne dessinaient que le soir à l'École.

Il me serait également facile de prouver que si le sentiment de la couleur est un don de nature, c'est un don qui peut se perfectionner singulièrement par l'étude. Je m'en rapporte sur ce point à Reynolds. Il dit dans son sixième discours prononcé à l'Académie royale de peinture de Londres : « Vouloir tout attribuer à un don de la nature et rien à l'enseignement est le langage de ceux qui, sans réfléchir, croient par là faire l'éloge des autres, ou bien rehausser leur propre mérite. » Reynolds, qui avait si patiemment analysé les phénomènes de la couleur dans les œuvres des maîtres coloristes, M. Chevreul, qui de nos jours a passé dix ans à rechercher la loi du contraste des couleurs, se refuseraient certainement à croire que l'on peut apprendre à peindre en huit jours.

D'où vient cette condamnation de la peinture par M. Ingres

Sans doute de ce que le Romantisme a réhabilité la couleur et la technique de l'art, que l'école de David avait laissé perdre. M. Ingres, en effet, attaque le Romantisme avec la passion, l'ardeur qu'il mettrait à combattre un ennemi personnel, et vraiment la passion le rend injuste et même ingrat pour une école qu'il a soutenue, dont il a été en un temps l'un des fermes appuis, l'une des plus solides espérances. Je sais bien que depuis... Mais alors! — Au temps où M. Ingres exécutait *Françoise de Rimini :*

> *La bocca mi baccio tutto tremante*
> . . . .
> *Quel giorno più non vi legemmo avanti.*

au temps où il peignait la *Chapelle Sixtine*, les deux *Arétin*, l'*Epée d'Henri IV, Philippe V, Henri IV et ses enfants*, la *Mort de Léonard de Vinci, Roger et Angélique*, et surtout le *Martyre de saint Symphorien;* M. Ingres ne faisait-il pas du plus pur romantisme? N'est-ce pas l'école romantique qui a affirmé les beautés du *Saint Symphorien*, alors que les vieux classiques de l'école de David se voilaient la face devant cette œuvre hardie et vigoureuse? Il y a donc quelque ingratitude à frapper une école vaincue d'ailleurs depuis longtemps, et à laquelle on n'a guère songé à rendre le souffle dans la réorganisation de l'école des Beaux-Arts. Je dis qu'il y a aussi une certaine injustice à accuser le Romantisme d'avoir « perdu l'art. » Il ne lui a manqué pour sauver l'art, au contraire, que d'être un peu plus radical. Il a rompu avec la tradition de David, il est vrai, mais pour renouer avec d'autres traditions. Il s'est dispersé à travers toutes les écoles, se rattachant tantôt au moyen âge, tantôt aux écoles vénitienne ou flamande; M. Ingres a choisi l'école romaine. Le seul tort du Romantisme, c'est de n'avoir pas abordé directement l'étude de la nature en consultant les maîtres anciens et modernes et en fuyant l'imitation comme le pire des dangers. C'est là sa faute, aujourd'hui reconnue, et dans laquelle on ne retombera plus, il faut l'espérer, grâce à la largeur de vues du Décret.

M. Castagnary pense, lui aussi, que le caractère propre de la réforme récente est l'avénement du Romantisme. « C'est

quand il est mort, dit-il, qu'on le proclame roi. » Et d'où tire-
t-il ses conclusions? De la nomination de M. Robert-Fleury
comme directeur de l'École, de la nomination du conseil supérieur, et des tendances du Rapport à « en finir avec les doctrines inflexibles, les théories absolues. » Je crois que M. Castagnary s'est trop hâté de ranger les membres du conseil
supérieur « dans cette catégorie amoureuse du ragoût des
couleurs ou des curiosités archéologiques qui, pendant trente
ans, a corrompu l'esprit des artistes et perdu le génie de la
nation. » Pauvre Romantisme! M. Castagnary était moins sévère pour lui il y a quelques années. Mais ce ne sont point là
les principaux griefs de l'écrivain contre le Décret. L'un, c'est
que les réformes n'amèneront aucun résultat (au moins avoue-
t-il qu'il en est parmi elles qui étaient depuis longtemps demandées). « L'Etat, dit-il, ne fait pas germer un grain de blé;
il ne fera pas pousser un artiste sur le sol français. » Non;
mais le grain de blé, c'est-à-dire l'artiste étant donné, par le
Décret du 13 novembre, il se trouve placé dans un milieu
fécond, favorable au libre épanouissement de ses qualités.
L'État ne saurait avoir et n'a pas d'autres prétentions.

Si M. Castagnary ne mettait point son talent ironique, sou-
ple et jeune au service d'un système exclusif et d'un parti, il
eût été plus juste envers les courageux efforts de l'administration sur ce point.

Quant à cette république de l'École, la dernière qui fût en
France et qui, à ce qu'il paraît, vient d'être violée, j'avoue que
je laisse à d'autres le soin d'en gémir. Quelle était cette république, à quelle liberté a-t-on porté atteinte? A la liberté d'un
petit groupe d'hommes qui avaient la liberté de gêner la liberté de toutes les générations qui passent dans l'École. Mais
n'est-ce pas l'éternelle revendication des institutions vieillies!
Vivantes, à leur origine, elles s'immobilisent, s'assoupissent
dans le courant qui les entoure et passe près d'elles sans les
entraîner; elles se refusent à constater le mouvement naturel
des esprits, à rien faire pour se mettre d'accord avec lui, es-
sayent même de l'entraver; et lorsque, après maintes sollicita-
tions renouvelées avec une patience qui est de la longanimité,
lorsque, après d'inutiles appels de l'opinion publique, une vo-

lonté un peu ferme les remet d'autorité dans le mouvement lui-même, elles crient à la liberté violée, outragée. On répondra à l'École : Vous aviez tout en main, vous pouviez tout faire, vous n'avez rien fait; il est trop tard. « Il est trop tard, » c'est le mot de toutes les causes qui se perdent par leur faute.

Cependant, rendons hommage, en terminant, à la persistante jeunesse de M. Ingres, ce vieil athlète dont le poids des ans n'a pas courbé les reins. Dans ce caractère impétueux, énergique, il n'y a qu'une lacune : il n'admet pas la nécessité de compter avec les générations nouvelles, tout ce qui ne date pas de sa jeunesse n'existe pas pour lui. Comblé d'honneurs, entouré de respects, M. Ingres, après avoir obtenu tant de marques d'admiration, n'aurait-il pas encore un beau rôle à jouer, s'il voulait faire céder quelques-uns de ses partis-pris, accepter notre époque et ses besoins nouveaux? Sa sagesse même nous serait d'un puissant secours. Est-ce donc en ce temps d'activité intellectuelle qu'il est bon de se renfermer, de se confiner dans un cercle d'idées exclusives? Quelles que soient la foi et la fidélité des admirateurs de M. Ingres, n'y a-t-il pas à craindre que les plus fervents n'en arrivent à ne plus tenir compte des idées de l'artiste pour réserver leur admiration à ses œuvres comme peintre.

Ah! pauvres jeunes gens, sollicités d'un côté par l'autorité d'un grand nom vers les errements et les erreurs de David, de l'autre au nom des mécontents vers la négation de toute peinture, de tout art, vers M. Courbet, combien je vous admire de n'être point hors de la voie plus encore que vous ne l'êtes! Allez, chers jeunes gens, allez près de M. Ingres, apprenez de lui l'art prestigieux des beautés linéaires; allez vers Delacroix, Véronèse, Rubens, Rembrandt, Raphaël, apprenez de ces maîtres et la vie et le mouvement, et la couleur, et le style; mais surtout ne désertez jamais votre propre école; réfléchissez, travaillez, voyez les maîtres et plus encore la nature; devenez des peintres par la technique de l'art, des hommes par la méditation, et tenez-vous également loin de tous les partis. A ce prix, soyez-en convaincus, vous ferez, vous aussi, de grandes œuvres, et vous illustrerez dans l'art français une ère nouvelle qu'aura datée le Décret du 13 novembre.

III

La Réponse de M. Beulé.

Secrétaire perpétuel de l'Académie des Beaux-Arts.

Après M. Ingres, M. Beulé. — Après le respectable sénateur, le jeune et brillant secrétaire perpétuel de l'Académie des Beaux-Arts est venu à son tour protester contre le Décret du 13 novembre. Sa protestation a paru dans la *Revue des Deux-Mondes*, sous ce titre : l'*École de Rome au xixe siècle*.

M. Beulé le prend de très-haut dans cet article avec les écrivains et les amateurs. Mais à quel titre est-il lui-même secrétaire de l'Académie des Beaux-Arts?

Est-ce comme peintre? — Non.

Comme sculpteur? — Non plus.

Comme graveur? — Pas davantage.

Comme architecte? — Encore moins.

Serait-ce comme musicien? — Non.

C'est donc comme écrivain et comme amateur.

Ceci posé, pourquoi M. Beulé a-t-il répondu?

M. Beulé trouvait, comme tout le monde, la *Réponse* de M. Ingres vraiment insuffisante; il a voulu prêter à l'Académie, qui l'a nommé son secrétaire perpétuel (comme écrivain et comme amateur), son talent d'amateur et d'écrivain, un incontestable talent, une plume féconde en ressources, en habiletés de toutes sortes, peu scrupuleuse sur le choix des moyens, un art plein d'artifice. L'Académie ne doit réellement comprendre que d'aujourd'hui combien elle a eu la main heureuse en nommant M. Beulé. Certes, s'il y a de bonnes raisons à opposer au Décret, personne n'est plus que lui en mesure de les trouver et de les faire valoir. Voyons donc s'il reste encore quelque chose de ce Décret après la foudroyante réfutation insérée dans la *Revue des Deux-Mondes*.

Eh bien! en conscience, il y aurait de l'enfantillage à faire

attendre au lecteur plus longtemps notre conclusion très-
nette et tout à fait catégorique : — Malgré l'autorité d'artiste
de M. Ingres, malgré l'autorité littéraire de la Revue qui a
accueilli le travail de M. Beulé, malgré cette double autorité,
malgré cette double attaque, le Décret du 13 novembre reste
intact, inébranlable sur les bases larges et solides du plus
pur libéralisme. Il faut même avouer que, par l'étroitesse
de leurs vues, par la pauvreté de leurs motifs, ces réponses
font ressortir davantage l'urgence et l'importance du Décret,
comme ces personnages que les peintres placent dans leurs tableaux servent à faire valoir les proportions des hautes archi-
tectures.

La violence des essais de réfutation publiés au nom de l'A-
cadémie prouve que le Rapport du Surintendant des Beaux-Arts
a touché juste. On a mis le doigt sur la plaie, une plaie dou-
loureuse, j'en conviens ; il n'y a donc rien d'étonnant à ce que
le malade crie un peu. Mettons quelque patience (et il en
faut), mettons aussi quelque indulgence, un peu de compas-
sion à écouter ses plaintes ; mais en même temps démontrons
combien elles sont vaines, démesurées, sans fondement réel,
et dépourvues de toute valeur, de toute portée.

Procédons méthodiquement.

Le travail de M. Beulé se compose de trois parties : Introduction, Discussion, Conclusion. Ah ! c'est un article fait selon
toutes les règles. Le cadre en est si bien tracé que nous l'a-
doptons nous-même. Nous allons donc suivre l'auteur pas à
pas, avec l'intention, dans cet examen, de ne rien laisser échapper d'intéressant.

L'Introduction est courte, elle n'a que deux pages ; mais ces
deux pages suffisent à nous révéler tous les procédés de l'auteur. On peut les résumer ainsi : de grandes phrases cachant
une absence complète d'arguments, une prétention fatigante à
l'infaillibilité et à l'esprit, un système d'équivoques fort habile, une licence extrême dans l'attaque, l'usage fréquent d'assertions gratuites, ou fausses, ou insidieuses. — S'il faut des
preuves, nous les apportons.

J'ai dit que M. Beulé usait d'un système d'équivoque perpétuelle. — Tout son article, dès le titre, repose sur une équivo-

que. Il se plaît à dérouter le lecteur, à confondre habilement l'Académie des Beaux-Arts et l'École de Rome, à substituer l'une à l'autre dans sa méthode agressive et défensive, dans ses suppositions. « Des voix s'élèvent pour attaquer l'École de Rome, dit-il. » Et la vérité est ceci : On a pu *discuter* — et non *attaquer* — l'Académie ou plutôt son système d'enseignement, mais aucune voix n'a attaqué l'École de Rome.

J'ai dit que M. Beulé voilait sous de grandes phrases l'absence d'arguments. — La moitié de son article est formée de mots à effet et vides de sens. Je n'ai que l'embarras du choix. L'Europe nous *envie* l'institution de l'Académie de France à Rome, dit-il. Si cela est, pourquoi les nations européennes ne fondent-elles point une institution semblable? Qu'est-ce qui s'opposerait à leur audace, si elles voulaient *oser*, si elles voulaient imiter la France? Et n'oseraient-elles pas si elles nous enviaient tellement? Quoi! l'Angleterre, si active depuis dix ans à organiser l'enseignement artistique chez elle, nous envierait l'Académie de France à Rome et n'oserait fonder l'Académie d'Angleterre à Rome! D'où viendrait donc cette timidité de la part d'un peuple qui ne passe pas pour timide, cependant. Ce qui est vrai, c'est qu'à tort ou à raison l'Angleterre pense que le meilleur moyen d'avoir un art national, c'est de former ses artistes sur le sol même de l'Angleterre. Notez que je dis « à tort ou à raison » et que je ne discute pas le principe en ce moment.

Veut-on un exemple d'assertions fausses et emphatiques en même temps?

Il est contraire à la vérité historique de prétendre que l'art français doit *deux cents ans de grandeur* aux traditions de l'École de Rome. L'art français, si français au xviiie siècle, ne doit rien, mais rien du tout, à l'influence romaine. Quant au ciel « inspirateur de l'Italie », c'est une bourde à abandonner à la justice des petits journaux[1]. Il est de même contraire à la vérité historique d'affirmer que l'Académie des Beaux-Arts a contenu et contient encore toutes les gloires de l'école française. De nos jours l'Académie a fait chèrement payer à De-

---

[1]. Qu'est-ce que ce ciel inspirateur a inspiré aux artistes italiens depuis un siècle et plus?

lacroix l'honneur de l'avoir parmi ses membres. Cependant
Delacroix a été de l'Académie. Mais Ary Scheffer, mais De-
camps, mais Barye et tant d'autres, figurent-ils à côté de
M. Hesse et de M. Signol sur la liste des académiciens?

M. Beulé parle beaucoup « du bon sens de la France, de
patriotisme, d'honneur national, d'amour du bien public, de
couronnes de jeunes talents, de regrets du pays » ; il est bien
entendu que les auteurs du Décret, eux, sont ceux-là qui
n'ont point le sentiment de l'honneur national, qui foulent
aux pieds le patriotisme et sont dénués de bon sens; il est
bien entendu aussi que l'Académie et son secrétaire perpétuel
ont tout cela par surcroît. — On se moque un peu trop du public en essayant de lui faire accepter ces façons de discuter.

Faut-il donner un échantillon de l'esprit de l'auteur? — Le
décret, par l'article 19, déclare qu'à l'avenir les jeunes gens
qui auront obtenu le grand prix pourront, après un séjour de
deux années à Rome, consacrer deux autres années à des voyages
instructifs. C'est ce que M. Beulé appelle « contempler les ma-
nœuvres de l'armée prussienne à Berlin. » Il a dû se frotter
les mains après avoir trouvé ce mot-là.

Ces deux pages d'introduction nous prendraient trop de
place s'il fallait en relever tous les mots mal sonnants, ambi-
gus, injustes et emphatiques. Encore un exemple, le dernier :
Qu'est-ce que signifie cette phrase? « Un décret du 13 (et non
du 15) novembre 1863 a pu laisser craindre qu'il ne fût touché à l'École de Rome. » Le décret ne laisse rien craindre.
Ou il a *touché*, et alors le fait est net; ou il n'a pas *touché*, et
alors la phrase est ridicule, car on ne rend pas de tels décrets tous les jours. Voilà trente ans qu'on attendait celui-ci.

Pourquoi M. Beulé ajoute-t-il « qu'il est encore permis d'espérer que l'application du décret sera différée? » Quelle est
la source de cet espoir? Et, de fait, M. Beulé n'espère pas,
mais il n'est pas maladroit d'insinuer au lecteur qu'il n'y a
rien encore de définitif. C'est la tactique déjà employée par
M. Ingres, qui, en présence du décret, parle de mesures *pro-
jetées*.

Dans cette introduction, il y a donc beaucoup de mots inutiles, une allure très-déclamatoire, mais combien de faits? Un

seul, et que vaut-il ? M. Beulé oppose à l'adresse de félicitations insérée au *Moniteur* du 20 novembre, la pétition des élèves de l'École à l'Empereur. M. Beulé, au nom de l'honneur national (toujours), adjure ceux qui veulent s'éclairer d'examiner les signatures « apposées au bas de cet acte. » — Il n'y a point à les peser si scrupuleusement. Une seule signature d'artiste l'emporterait sur la signature de cinq cents élèves de l'École pour cette seule raison que l'on ne doit pas plus consulter ces élèves sur les réformes de l'École que S. Exc. M. Duruy n'a consulté les collégiens et lycéens sur les réformes qu'il vient d'introduire dans les programmes de l'instruction publique. Voyez-vous l'effet que produirait sur le ministre une pétition revêtue de cinq cent mille signatures d'enfants protestant contre l'enseignement de l'orthographe, du latin, du grec ou de la philosophie. Il infligerait une privation de sortie à tous ces bambins. — Mais M. Beulé trouve cela imposant ; il en est édifié. — Lisons pourtant les cent neuf noms que le secrétaire perpétuel écrase de son dédain. J'y vois celui de M. Barye, et je m'en tiens là. S'il est nécessaire que j'en nomme d'autres, voici M. Paul Huet, l'initiateur du paysage moderne, l'ami d'Eugène Delacroix, M. Paul Huet, qui ne sera jamais de l'Académie ; mais qui, si nous sommes bien informé, n'a pas hésité, dans son premier élan, à apporter, au nom de ses plus anciennes croyances, son tribut de félicitations à M. le Surintendant des Beaux-Arts. Voici encore M. Troyon, MM. Daubigny, Protais, Bellangé, Baron, Chintreuil, Dubufe, Gaucherel, Steinheil... C'en est assez, je pense, si l'on songe surtout que l'Académie et ses professeurs forment un centre qui a ses cinq cents élèves groupés autour de lui, à qui l'on peut faire signer et rapidement tout ce qu'on veut ; tandis que deux mille artistes dispersés, sur l'étendue de la France et de Paris, n'ont pas de mot d'ordre commun pour apporter, le même jour, à la même heure, leur signature au bas d'une pétition.

M. Beulé s'adresse à la France et dit : *Que le pays juge !* Plus modeste, nous en appelons au jugement du lecteur.

La seconde partie de l'article est consacrée à présenter au public « un tableau » de l'École de Rome depuis le commen-

cement du siècle. L'auteur n'entreprend, dit-il, ni une histoire, ni un panégyrique (oh !). Soit ! je m'arrête à sa première
définition : un tableau.

Il est vraiment regrettable que M. Beulé n'ait pas été peintre ; la France y perd une gloire de plus. Ah ! si, au lieu de
suivre les cours de l'École normale, M. Beulé avait suivi les
cours de l'ancienne École des Beaux-Arts, quel grand artiste
nous saluerions aujourd'hui ! C'est bien cela : un tableau. Et
avec quel art il est composé ! Ce que j'en admire le plus, c'est
l'habileté de la mise en scène, et peut-être encore davantage
la distribution adroite de la lumière et des demi-teintes, mais,
par-dessus tout, un art qu'on ne saurait trop louer en cette circonstance : l'art des sacrifices. En effet, il y a des noms qu'on ne
voit pas du tout dans ce tableau ; d'autres qui ont un peu de
clarté, par reflet ; d'autres encore un peu plus ; un seul est en
pleine et éclatante lumière : je n'ai pas besoin de dire lequel.
Eh bien ! tous ces noms, curieusement groupés, s'alignent,
s'allongent, s'additionnent et, en fin de compte, forment un
joli total.

Mais je ne veux pas priver le lecteur du plaisir d'étudier
lui-même toute cette stratégie. Je n'en dirai que quelques
mots pour le mettre sur la voie.

D'abord paraissent Louis XIV, Colbert, le Grand Roi, l'Immortalité, l'Académie *Fille des rois,* respectée, qui l'eût cru ?
par la Révolution, protégée même par elle avec une vigilance
particulière ; puis une courte mais poétique et romantique
description de la villa Médici, enfin la restauration de l'Académie en 1801.

Ce que le dilettante ne saurait trop admirer, c'est la dexté-
rité consommée avec laquelle M. Beulé fait défiler sous ses
yeux tous les grands prix de l'École depuis cette époque. Jamais la fantasmagorie de la nuance n'a été poussée plus loin.
Elle est toute dans cette phrase, que je livre à la méditation
des âges à venir.

Je prends donc les listes de l'École depuis 1801, et je relève les
noms de ceux qui ont su conquérir, à des degrés inégaux, ou *des
succès solides,* ou *la faveur publique,* ou *la gloire.*

. ; Sent-on bien tout ce qu'il y a d'habileté dans cette progression, dans cette échelle de catégories à trois degrés où vont s'asseoir les lauréats de l'École des Beaux-Arts depuis 1801. L'escabeau de la gloire est réservé à l'honorable M. Ingres, et, comme le dit M. Beulé : « N'était-ce pas quelque chose de providentiel que de voir inaugurer l'Académie de France reconstituée, par celui qui... qui... etc., etc. ! » — Le partage entre le divan de la faveur publique et l'humble trottoir des succès solides est plus difficile à établir. Je crois que l'auteur des catégories serait lui-même bien empêché de le faire. Essayons-le cependant, pour les peintres seulement. Je crois que, dans la catégorie des succès solides (l'heureuse périphrase !), on peut sans conteste ranger les noms respectables de MM. Blondel, Drolling, Abel de Pujol, Picot, Vinchon, Alaux, Michallon, A. Hesse, Court, Larivière, Signol. Mais j'ai mis trop de précipitation à énumérer ces noms. Il en est un au moins qui a droit à la mention : faveur publique. C'est M. Drolling, dont le nom est resté populaire, grâce au fameux *Intérieur de cuisine*, exécuté par son père, Martin Drolling.

Telle est la première partie du tableau. Que l'on juge si nous avons été trop flatteur en félicitant M. le secrétaire perpétuel sur son entente des sacrifices nécessaires.

Cependant, opposons notre arithmétique à l'arithmétique de M. Beulé.

De 1801 à 1850, il y a eu *quarante-neuf* premiers prix donnés à des peintres d'histoire; M. Beulé, qui a quelque intérêt à ne taire aucun nom digne d'être cité, en inscrit seulement *vingt-cinq;* il en condamne donc *vingt-quatre* à un légitime oubli.

Sur *neuf* paysagistes, il en nomme *deux* et en condamne *sept.*

Sur *trente-cinq* graveurs en médailles, taille-douce et pierres fines, il en nomme *sept* et en condamne *vingt-huit.*

Sur *soixante* sculpteurs (de 1801 à 1860), il en nomme *vingt-sept* et en condamne *trente-trois.*

Sur *cinquante-un* architectes (de 1801 à 1850), il en nomme *dix-sept* et en condamne *trente-quatre.*

En résumé, l'auteur de l'article, en y mettant une complaisance extrême, n'a pu trouver que *soixante-dix-sept* noms à mettre en lumière sur *deux cent quatre* premiers prix, c'est-à-dire un peu plus que le tiers.

De l'énumération qui précède, conclut M. Beulé, ressort un chiffre éloquent qui répond mieux que tous les raisonnements aux *accusations* dont l'École de Rome est l'objet. (Je maintiens ce que j'ai dit plus haut sur l'équivoque constante de l'auteur entre l'Académie des Beaux-Arts et l'École de Rome.) Sur deux cent vingt lauréats qu'elle a reçus pendant un demi-siècle, peintres, graveurs, *musiciens*, sculpteurs, architectes, elle a produit *près de cent* artistes distingués.

Rectifions un chiffre trop élastique : *près de cent*, cela signifie au juste, en tenant compte de l'indulgence de M. Beulé, *quatre-vingt-trois*. Quant à la différence que l'on a pu remarquer entre nos chiffres et ceux de M. le secrétaire perpétuel, elle vient de ce que je n'ai point fait figurer les *musiciens* dans mon relevé. M. Beulé nomme six lauréats pour la musique. Et je ne sais pourquoi ces lauréats figurent dans son travail, car le Décret du 13 novembre s'occupe exclusivement de réformes relatives à l'enseignement des arts du dessin, et rien n'a été modifié dans les règlements qui concernent les élèves musiciens.

Avant de passer à l'examen des dernières pages de M. Beulé, revenons sur nos pas et relevons çà et là quelques assertions au moins contestables.

S'il s'agissait d'esthétique, on pourrait discuter ce que l'auteur nomme « le spiritualisme » de M. Ingres. J'ai traité cette question autrefois, je n'y reviendrai pas aujourd'hui. Je ne discuterai pas davantage les titres de chacun des artistes tirés de l'obscurité, relevés, adoptés par M. le secrétaire perpétuel avec un soin tout à fait touchant et vraiment filial. Il y a pourtant dans cette longue exhumation des prodiges d'adresse, des tours de phrase qui mériteraient d'être signalés. Tel artiste, par exemple, est recueilli parce qu'il fut « un professeur estimé, » tel autre, parce que ses « paysages ont eu de l'éclat, » un troisième, parce qu'il fut « un archéologue

et un dessinateur..... » Mais réservons quelque chose à la cu-
riosité du lecteur. — Je ne veux point non plus contrôler la
bonne opinion de M. Beulé sur la génération de lauréats qui
partit pour Rome de 1801 à 1832. A-t-elle réellement doté
son pays d'œuvres durables et de leçons fécondes? A l'exception de MM. Ingres et Flandrin, je crois que non. A-t-elle développé les principes de l'école de David en les ramenant de
plus en plus vers l'étude de la nature? Sur ce point, je suis
formellement encore d'un avis contraire à celui de M. Beulé.
Je pense qu'elle a dénaturé les principes de David, et que
surtout elle s'est éloignée de la nature et de la vérité. Cependant, comme c'est là une affaire d'appréciation personnelle
qui n'a point la rigueur des faits, je glisse et j'arrive aux
faits.

M. Beulé déclare, après avoir nommé ses vingt-six peintres,
que l'institution qui les a produits a le droit de vivre intacte
et respectée. Conclusion bien inattendue! — Que cette institution soit respectée, très-bien; mais qu'elle ait le droit de
rester dans une exceptionnelle immobilité quand toutes les
institutions se renouvellent auprès d'elle, est-ce raisonnable?
Prenons les plus grands exemples. Le paganisme a produit de
grands hommes : Homère, Platon, Socrate; le christianisme
était-il donc inutile? La monarchie française a produit de
grands rois; la Révolution et l'Empire furent-ils donc inutiles?
Prenons nos termes de comparaison plus près de nous encore.
Certes l'École militaire a fourni de brillants officiers, d'illus-
tres généraux, et, à ce titre, elle aurait eu le droit de vivre
intacte et respectée. N'a-t-on pas récemment modifié, élargi
le système d'enseignement à l'École militaire? Je ne touche
pas là aux réformes en elles-mêmes, nous ne manquerons pas
d'occasions d'y revenir : je ne parle que du droit. Par assimi-
lation, la question me paraît jugée.

La discussion de ce droit en appelle immédiatement une
autre du même genre. Le critique de la *Revue des Deux-Mondes*
trouve que les architectes lauréats, à leur retour de Rome,
attendent trop longtemps « d'être employés en chef par l'É-
tat. » En étudiant le dernier Rapport du Surintendant des
Beaux-Arts, le Rapport sur lequel s'appuie le Décret du

13 novembre, j'avais été surpris d'y trouver une phrase contre de singulières prétentions des élèves de Rome. Eh quoi! c'est donc vrai : les lauréats que l'État a nourris, logés, appointés pendant un certain nombre d'années, à qui il a donné tous les éléments d'une vaste instruction, ces *élèves* qu'il a faits *artistes* demandent à l'administration les moyens d'existence, les travaux, les commandes, non comme on sollicite un bienfait, « mais comme on réclame une indemnité légitime, » comme un droit; il faut à trente-quatre, trente-cinq ans, leur donner leur Hôtel des Invalides. Nous ne pouvons en croire nos yeux. Ainsi, les *cent vingt-sept* artistes inconnus que M. Beulé n'a pas osé citer dans sa pompeuse énumération avaient droit aux travaux de l'État; les *trente-quatre* architectes oubliés auraient dû être « employés en chef » par le gouvernement! Est-il possible qu'un premier bienfait vous engage à ce point? Mais, s'il en est ainsi, il faut y réfléchir sérieusement; songez donc : Que de bâtisses à recommencer! Ce principe nous mènerait si loin, que ce n'est point à la critique, mais au ministre des finances qu'il appartient de le combattre, et vigoureusement.

Enfin (je dis *enfin* pour cette première partie seulement de l'article de M. Beulé), enfin, M. le secrétaire perpétuel accuse l'État de cesser peu à peu d'encourager la gravure en taille douce. Je prends la liberté de placer sous les yeux de M. le secrétaire perpétuel, ce passage d'un Rapport de M. le Surintendant des Beaux-Arts à Son Exc. le ministre de la maison de l'Empereur et des Beaux-Arts. Ce Rapport est de cette année; il a paru au *Moniteur;* il a été publié en volume, et chez l'éditeur même où M. le secrétaire perpétuel publie ses éloges académiques. Il est bien étonnant que ce Rapport lui ait échappé. Voici le passage :

« Des commandes ont été faites aux artistes (graveurs) pour une somme de 300,000 francs. Lorsque ces planches seront entrées dans le fonds de la chalcographie, elles formeront avec celles qui ont été acquises *depuis 1850, un total de sept cents* planches... On peut dire, ajoutait M. de Nieuwerkerke avec une légitime fierté, que de tels encouragements ont été rarement accordés à cet art spécial et dans d'aussi fortes proportions. »

Ces quelques lignes rectifieront assurément l'opinion de M. Beulé sur ce qu'il considérait comme une négligence de la part du gouvernement. N'est-ce point d'ailleurs une preuve de la sollicitude du gouvernement pour cet art que l'établissement d'une chaire de gravure à l'École, contre lequel proteste M. Ingres.

Dans la seconde partie de son travail, le rédacteur de la *Revue des Deux-Mondes* compare les règlements *abrogés* par le Décret (et non *que l'on veut abroger*, ainsi que le dit M. Beulé) avec les réformes que l'on a *accomplies* (et non *que l'on propose*, comme il le répète avec obstination). Nous suivrons l'écrivain sur ce terrain avec autant de soin et de patience que nous venons de le faire pour la première partie. Auparavant, exprimons le sentiment de surprise que nous avons éprouvé à lire ce travail dans la *Revue des Deux-Mondes.*

Personne n'ignore dans le monde des lettres à quel point ce recueil est fier de ses traditions. Or, cet article est le renversement complet de tout ce que la *Revue* a publié jusqu'à ce jour sur la question. Nous nous attendions certainement à lire quelque part, un jour ou l'autre, une attaque de M. Beulé contre le Décret du 13 novembre ; mais le dernier endroit auquel nous aurions songé est la *Revue des Deux-Mondes.* Que vont penser les abonnés de la *Revue*, les collectionneurs, ceux qui sur la foi de ce recueil, auront depuis la publication du Décret prôné partout les réformes, eux qui les attendaient dequis quinze ans, ces réformes que la *Revue* a *toutes* demandées? Ils auront fait comme nous, ils auront, après avoir lu l'article de M. Beulé, relu l'article de Gustave Planche : *De l'Education et de l'Avenir des Artistes en France*, publié en 1848 dans la livraison du 15 novembre. Si nous avions ombre de malice, nous nous écrierions, nous aussi : «N'est-ce pas une date providentielle que le 15 novembre ! »

En effet, le 15 novembre 1848, la *Revue des Deux-Mondes*, par la plume de Gustave Planche, un critique qui passe pour classique cependant, demandait formellement : 1° des cours obligatoires à l'École; 2° la réduction du nombre des professeurs ; 3° la fondation de chaires d'esthétique et d'histoire de l'art, de physique et de chimie, de droit des bâtiments et de comptabilité spéciale; 4° l'enseignement spécial de la peinture; 5° un jury pris en dehors de l'École et de l'Académie; 6° l'abaissement de la limite d'âge à vingt-cinq ans: 7° la réduction du séjour à Rome à deux années au plus (la *Revue* allait même plus loin, elle demandait alors la suppression de l'Académie de France à Rome); 8° enfin, deux années de voyages libres pour les lauréats de l'École.

Le 15 novembre 1863, le *Moniteur* publie le décret qui décide l'accomplissement des réformes que la *Revue* a sollicitées, préparées, et la *Revue* combat à outrance son ancien programme enfin réalisé. — Le maître n'était pas là sans doute lorsqu'on a glissé l'article du secrétaire perpétuel dans sa maison de la rue Saint-Benoît. — Quant à nous, nous nous félicitons de cette contradiction. Le grave recueil s'est réfuté à l'avance. Témoignons aussi toute notre reconnaissance à MM. Ingres et Beulé, qui nous forcent à mesurer, à reconnaître, à proclamer avec insistance la grandeur de l'importante réforme qui vient de s'accomplir. Dans un pays comme le nôtre, à une époque de l'année où l'attention se partageait entre les Chambres et les étrennes, ces messieurs ont réussi à maintenir à l'ordre du jour de l'opinion publique la question qui nous intéresse entre toutes, celle de l'art français, de son honneur et de son avenir.

Je continue d'examiner ce plaidoyer de M. Beulé *pro domo mea*, c'est-à-dire pour sa propre importance.

Sans autre effort que celui de citer des faits et des chiffres précis, il était facile de réduire à peu de chose la première moitié de la réponse du secrétaire perpétuel au Décret du 13 novembre. Pour la seconde, notre tâche ne sera pas moins aisée. La voie à suivre est tracée d'avance. Opposer la vérité aux allégations erronées, l'exactitude des faits aux faits altérés pour les besoins d'une cause définitivement perdue devant l'opinion publique, telle était, telle est encore la marche indiquée.

En rhéteur habile, cependant, M. Beulé a su varier les formes de la discussion. A défaut de raisons solides, il s'est efforcé, non de convaincre, mais de charmer ses lecteurs par la diversité de mouvements imprimée à son article. Nous l'avons vu tour à tour aiguisant l'ironie, enflant de pompeuses périodes. Maintenant, il met à découvert les sources de l'émotion pathétique et tragique. Il y puise, il les épuise à nous attendrir.

Le public qui a lu le décret et le rapport ne se doutait pas de ce que *le Moniteur*, ce jour-là, contenait de décisions cruelles et barbares (barbares, le mot y est). M. Beulé va nous le révéler, et nous sentons sa sainte indignation nous envahir; car sait-on bien de quoi il s'agit, a-t-on mesuré tous les coups dont l'École vient d'être frappée? Si vous l'ignorez, apprenez-le donc.

Non content d'usurper les droits et les priviléges de l'Académie des Beaux-Arts, le ministre s'est entouré, sans discernement, de *commissaires*, d'amateurs, de gens incultes de l'espèce des feuilletonistes et des critiques de profession, de peintres venus on ne sait d'où, qui n'avaient pas peint quelque *Metabus, roi des Volsques*, mais quelque chose de séditieux comme le *Colloque de Poissy*; il choisit encore des sculpteurs *réalistes*, des architectes, et lesquels? des architectes *diocésains* : et c'est de pareils hommes qu'il a composé le jury de l'École. Ce n'est rien encore. Comment fonctionnera ce jury? Les complices se réuniront mystérieusement « dans quelque salle écartée, » après avoir été « tirés au sort exactement comme l'on tire les jurés qui jugent les criminels, » et c'est dans cette salle obscure qu'ils tourmenteront leurs victimes, d'infortunés jeunes gens qui, « dès l'âge de quinze ans, se vouaient à l'étude des arts, supportaient avec joie un long noviciat, un travail sans récompense, la pauvreté souvent la plus cruelle, dans l'espoir d'entendre un jour leur nom retentir sous la coupole du palais Mazarin. » Est-on assez coupable d'ôter « aux récompenses qui inspirent tant d'abnégation leur vénérable auréole et leur grandeur! »

Si ce n'était que cela, si l'on s'était borné à substituer les hasards d'une « loterie » aux calculs d'une coterie, c'est-à-dire d'un petit groupe d'hommes unis et ligués dans un intérêt commun! Mais « tout est ôté à la fois à cette jeunesse si laborieuse et si digne de sympathies, le temps de concourir, le droit de racheter à la patrie sa dette de sang, les ressources mêmes qui étaient mises si noblement à la disposition du talent précoce et pauvre. »

Cessons cette plaisanterie qui se prolongerait longtemps, si nous voulions encadrer et reproduire textuellement toutes les phrases comiques que M. Beulé débite avec une allure solennelle. Dégageons ses insinuations de leur enveloppe littéraire, écartons sa rhétorique et allons droit aux faits.

Cela est vrai, on a substitué au jury académique un jury dégagé des préventions et des influences du professorat. Et aux réclamations de la *Revue des Deux-Mondes* en 1863, j'oppose les réclamations de la *Revue des Deux-Mondes* en 1848.

« Je voudrais voir changer le mode de jugement, disait Gustave Planche. Les concours annuels de l'École sont jugés par l'Académie des beaux-arts. Or, la plupart des professeurs de l'École appartiennent à l'Académie. Les œuvres des élèves sont donc, en réalité, jugées par les professeurs. Ce mode de jugement me paraît offrir de graves inconvénients. A moins d'admettre, en effet, que les professeurs, qui sont des hommes, passent à l'état de demi-dieux dès qu'ils se réunissent en académie, et oublient, comme par enchantement, toutes les faiblesses humaines, on doit craindre que les récompenses ne soient pas données avec une irréprochable impartialité. Je ne dis rien de l'adjonction à la section de peinture, de sculpture ou d'architecture, de l'Académie tout entière; c'est un enfantillage auquel je n'attache pas grande importance, car l'Académie ne se réunit à la section que lorsque la section elle-même a déjà prononcé un jugement préparatoire, et je pense que MM. Auber, Adam, Halévy, adoptent volontiers l'avis de MM. Ingres et Delaroche, de MM. David et Pradier, lorsqu'il s'agit de prononcer un jugement définitif sur un concours de peinture ou de sculpture [1]. Mais le jugement de l'Académie n'a pas et n'aura jamais une grande autorité, car les professeurs ou les membres de l'Académie, en jugeant leurs élèves, jugent leur enseignement, et il est permis de croire qu'ils le jugent avec indulgence..... L'opinion publique se défie des jugements de l'Académie : il y aurait un moyen bien simple de la rassurer; ce serait de confier le jugement des con-

1. On verra, par un exemple cité plus loin, que Gustave Planche se trompait en croyant que les sections spéciales avaient, selon la logique et le sens commun, toute autorité sur la décision de leurs confrères des autres sections.

cours à un jury pris en dehors de l'École et de l'Académie, qui, pour nous, sont un seul et même corps sous deux noms différents... Un jury pris en dehors de l'École et de l'Académie offrirait à l'opinion publique des garanties plus sérieuses d'impartialité. »

La *Revue des Deux-Mondes*, qui croyait en 1848 que l'abaissement de la limite d'âge à vingt-cinq ans ne soulèverait aucune objection, justifiait sa proposition par ces quelques lignes très-fermes et pleines de bon sens :

« Si les élèves qui doivent commencer l'étude de leur art, peinture, statuaire ou architecture, vers l'âge de quinze ans, n'ont pas donné la mesure de leurs facultés à vingt-cinq ans, il est probable qu'à trente ans ils ne seront pas devenus des artistes éminents. Dans l'espace de cinq ans, ils pourront se perfectionner dans la pratique matérielle du métier, mais il n'est guère permis d'espérer qu'ils révèlent une abondance d'imagination, une élévation de pensée qu'ils n'auraient pas montrée jusque-là. »

Quels sont les arguments de M. Beulé contre cette mesure? Ils sont de deux sortes : les uns sont empruntés à des considérations théoriques, les autres à des considérations pratiques.

Il objecte d'abord que « l'on possède rarement à vingt-cinq ans le dessin, le caractère idéal qu'on sait imprimer à la nature, même en la copiant, et le style sans lequel on ne crée rien de durable, » et il ajoute : « Raphaël et Michel-Ange, dit-on, avaient fait des chefs-d'œuvre avant cet âge. Mais depuis quand le génie, qui n'est qu'une exception, qu'un phénomène répété deux ou trois fois par siècle, sert-il de règle aux autres hommes? » Si c'est une marque de génie que d'être en état d'obtenir le prix avant vingt-cinq ans, M. Beulé est généreux envers notre siècle, car il cite lui-même dans la même page MM. Ingres, Pradier, Baudry, David (d'Angers), Dumont, Cabanel, Garnier, Flandrin, Léon Cogniet, Guillaume, qui ont obtenu cette distinction de vingt à vingt-trois ans. M. Beulé voit donc bien, et il eût pu en citer beaucoup encore, qu'il n'est point nécessaire d'être un homme de génie, comme il l'entend, pour savoir dessiner à vingt-cinq ans. Quant aux deux autres conditions : le caractère idéal et le style, elles forment l'objet des études et des recherches de toute leur vie pour les peintres qui s'en préoccupent. De grands peintres n'ont jamais réalisé le caractère idéal, ni possédé le style à la façon de l'Académie, ils ont été grands cependant, parce qu'ils ont eu leur caractère à eux et leur style propre. L'erreur de l'Académie, celle contre laquelle l'histoire de l'art proteste, contre laquelle réagit enfin le Décret du 13 novembre, l'erreur personnelle de M. Beulé est de croire que « le style du peintre et du sculpteur est une qualité acquise. » Tout artiste original lui répondra : « Parlez pour vous ! » Non, l'on ne supplée point au génie, comme le pense M. Beulé, « par l'abondance des leçons, l'excitation des esprits, le secours de la tradition, le nombre des maîtres, la variété des talents. » Et ce n'est point là, en effet, le but de l'École, tout au plus était-ce le but de l'Académie.

En abaissant la limite d'âge, on a précisément voulu détruire un préjugé particulier à l'ancienne École, c'est-à-dire qu'avec de la patience et de la mémoire on peut devenir un maître ; on a voulu enlever ses chances de succès à l'honnête médiocrité pour les rendre au talent original et spontané que l'abondance des leçons, l'excitation des esprits, le secours de la tradition, le nombre des maîtres, etc., peuvent favoriser, développer, mais non enfanter. Rien ne supplée au génie. La nuance est dans la différence de niveau entre les génies. Tout élève qui n'a pas son génie propre, étincelle ou foyer, n'arrivera pas désormais avant vingt-cinq ans : cela est vrai. Mais n'est-ce pas rendre service à la société et à l'État que de restituer quelques-uns de ces jeunes hommes patients, laborieux, soit, mais nullement doués pour les arts, n'est-ce pas leur rendre service à eux-mêmes que de les renvoyer aux professions honorables qui exigent l'assiduité patiente, le *labor improbus*, et de les enlever ainsi aux misères inévitables d'une carrière pour laquelle ils ne sont pas faits? D'ailleurs les mieux doués n'auront-ils pas devant eux le champ très-vaste des genres secondaires où, selon leurs aptitudes et leurs tendances, non romaines peut-être, mais bien françaises, ils pourront encore exercer leur talent et appliquer l'enseignement reçu.

« On découragera les jeunes gens, » dit M. Beulé. Non, l'on ne découragera, et avec raison, que les impuissants, ceux qui deviennent plus tard les parasites, les pauvres, non les pauvres honteux, mais les pauvres arrogants du budget des arts.

Les considérations pratiques contre l'abaissement de la limite d'âge prennent, sous la plume de M. Beulé, une tournure navrante. Les élèves des départements ne pourront plus concourir, parce que (c'est au moins la pensée de l'auteur), parce qu'ils sont beaucoup moins intelligents que les élèves résidant à Paris. Il ne le dit pas si crûment, il enveloppe cela avec d'infinies précautions. Il nous montre d'abord les villes suivant avec sollicitude leurs enfants ; « elles sont fières de leur offrir une pension qui les exempte des soucis matériels et leur laisse la liberté du travail ; s'ils rapportent la palme, c'est une fête pour tous leurs concitoyens, et on les accueille avec des honneurs et des manifestations qui ne le cèdent qu'aux honneurs rendus par les cités grecques aux athlètes vainqueurs... » Voilà les roses : — Voici les ronces : « Désormais ces nobles efforts sont interdits aux villes des départements : qu'elles épargnent leurs pensions, qu'elles gardent leur jeunesse, qu'elles cessent de mêler leur *séve plus lente*, mais plus vigoureuse, à la séve hâtive de Paris ! » Séve plus lente, malgré le correctif qui suit, n'est pas agréable à s'entendre dire. Mais le spectacle est fait pour émouvoir. Est-ce que cette rhétorique est fréquente sous la plume de M. Beulé ? Cela donnerait à penser à ceux qui ont accepté ses découvertes archéologiques sur parole ; car le spectacle est touchant, je le répète, mais ne prouve rien. Les conseils municipaux ou les conseils généraux continueront de s'imposer pour envoyer les élèves les plus distingués des écoles départementales à Paris. Ils les enverront plus jeunes, voilà tout. Et au lieu de rendre leurs honneurs à des athlètes de trente ans, les villes, bien plus fières encore, répandront des fleurs et des couronnes sous les pas de héros qui n'en auront que vingt-cinq.

M. Beulé n'a point encore tari la source des pleurs. Il a eu le malheur de laisser échapper le mot de conscription. Voyez quel parti il tire de cet accident, de ce mot échappé ! Il l'appelle un mot terrible pour ceux qui se vouent au culte de l'art et qui sont pauvres... Donnons le morceau tout entier, nous serions inexcusable d'en priver le lecteur.

« Si le sort le veut, il faut jeter les pinceaux, laisser le bloc de marbre inachevé, renoncer à la gloire rêvée et à la *Muse, qui versait déjà l'inspiration* dans le cœur de l'artiste ; on part soldat. Un usage paternel, libéral, juste, avait institué les seconds grands prix : tous ceux qui remportaient les seconds prix de peinture, de sculpture, d'architecture, de gravure, de musique, étaient exemptés de la conscription. L'Institut pouvait ainsi soustraire à la loi les jeunes gens qui, sans mériter encore d'être envoyés à Rome, donnaient cependant de belles espérances et faisaient preuve de talent. Aujourd'hui les seconds prix sont abolis, sans qu'il soit possible d'approuver le motif *d'une mesure aussi cruelle*. M. de Nieuwerkerke prétend, dans son Rapport, que le premier prix n'en aura que plus de valeur, étant unique ; mais *le second prix ne servait qu'à exempter du service militaire celui qui l'obtenait*, et l'on se demande où est l'avantage d'une suppression qui *expose* à être *moissonnés par la guerre* à vingt ans les artistes qui pourraient remporter le grand prix à vingt-cinq. »

Quelle hécatombe de petits Raphaëls! On en frémit, mais comme on frémit au théâtre, parce qu'on sait que ce n'est qu'une fiction poétique, une jolie tirade. Reprenons cela par le menu. Laissons le pinceau par terre, le bloc dans l'état où il est, la gloire et la Muse qui verse. Parlons de l'usage. L'usage est bien plus paternel, bien plus libéral que ne le dit M. Beulé. Il y a à l'École, des jeunes gens qui n'ont pas obtenu de second grand prix; ils étaient exposés à être moissonnés lorsque l'usage ou plutôt la sollicitude du gouvernement s'est opposée à ce que la guerre les moissonnât. Il a suffi qu'ils eussent montré une aptitude marquée pour leur art, quel qu'il soit, et le ministre chargé de la direction des Beaux-Arts a obtenu de son confrère le ministre de la guerre qu'il ne fussent pas moissonnés. L'usage ou plutôt la coutume, qui a force de loi, date du premier Empire.

Il serait curieux de comparer le chiffre des jeunes gens ainsi exonérés du service militaire à celui des élèves qui ont obtenu un second prix avant l'âge de la conscription.

M. Beulé pourra se livrer à cette petite recherche qui ne manquera pas de le rassurer sur la cruauté de l'État. Si le second prix ne servait qu'à exempter du service militaire celui qui l'avait obtenu, on a pu le supprimer sans remords, car il sera facile au jury de désigner le concurrent qui aura mérité cette faveur. Mais le premier second grand prix servait à autre chose encore et à quelque chose de funeste devenait une espèce de titre dont le lauréat se prévalait plus tard pour imposer un talent médiocre aux commandes de l'État ou des grandes administrations municipales; on s'en prévalait aussi comme d'une sorte de droit à obtenir le premier prix. Or, comme le dit très-justement le Rapport : « On ne saurait avec trop de soin écarter toutes les considérations étrangères au mérite relatif des concurrents dans une lutte si importante. » Enfin n'est-ce pas une bonne œuvre littéraire que d'avoir rayé de la langue ce barbare assemblage de mots : *premier second grand prix !*

 « Cette rigueur a d'autres conséquences dont il est aisé de se rendre compte », poursuit M. Beulé. (J'en demande pardon au lecteur, mais nous devons suivre l'écrivain pas à pas dans ce chemin où chaque pas est marqué d'une erreur.) « Car, reprend l'auteur, dans les diverses fondations qui se rapportaient aux prix de Rome, tout s'enchaînait avec une touchante prévoyance. Ce n'était pas assez de *sauver la vie* des futurs lauréats, il fallait assurer la sécurité de leur travail. Des legs et des donations constitués par des particuliers venaient en aide aux jeunes gens pauvres, et leur permettaient de se livrer tout entiers à leur art. »

Suit la mention d'une clause insérée dans le testament de M. de Trémont, en vertu de laquelle il a été fondé deux prix de *mille* francs chacun, mis à la disposition de l'Académie des Beaux-Arts, pour être décernés par elle à deux jeunes peintres ou statuaires et à un musicien.

Le testateur ajoutait : « Je désire que les seconds prix appellent *principalement* l'attention de l'Académie. »

Mademoiselle Leclère a également institué un prix de *mille* francs pour l'élève qui aura obtenu le second grand prix d'architecture.

« Que deviennent, s'écrie M. Beulé, que deviennent ces généreuses fondations, maintenant que le second prix est supprimé ? L'Académie ne sera-t-elle pas forcée de rendre aux héritiers un capital de 70,000 francs qui n'a plus de destination ? »

L'inquiétude de M. le secrétaire perpétuel, ses scrupules financiers nous touchent tellement que nous avons hâte de le rassurer encore sur ce point ; nous ne faisons guère autre chose d'ailleurs que de chercher à ramener le calme dans cette âme timorée. Si l'Académie tient à obéir au désir formel exprimé par les donateurs, elle disposera de ces donations en faveur des élèves qui auront obtenu le second rang dans le jugement du concours. Si, au contraire, elle considère (ce qui serait une question de droit) qu'elle peut disposer de ces legs et donations autrement, qu'elle récompense à son choix les élèves qui lui en paraîtront dignes, qu'elle fonde des prix spéciaux, des concours même comme le fait l'Académie française, elle, qui n'a aucune prétention, malgré son titre, à régenter l'instruction publique en France.

Je ne reviens point sur la question du paysage historique ; M. Beulé n'est pas d'accord avec son chef de file, M. Ingres, qui approuve dans sa Réponse la suppression du concours de paysage. L'aveu de M. Ingres nous suffit.

M. le secrétaire perpétuel arrive enfin aux réformes relatives aux séjour des lauréats à Rome. Il n'a pas eu la main heureuse dans le choix de ses arguments. Il se croit encore sous le régime de l'ancienne École lorsqu'il se demande si les élèves apprendront seuls à Rome ce qu'ils n'ont pas eu le temps d'apprendre à Paris. C'est précisément à cette ignorance où l'ancienne École laissait ses lauréats que le décret a voulu remédier en instituant des chaires de peinture, de gravure, d'histoire de l'art, etc. Ce qu'ils apprendront seuls, c'est ce qui ne s'enseigne pas, en effet ; ils apprendront, non à réciter des formules académiques, mais à interpréter directement les grands maîtres, à lire dans les œuvres originales et non dans les traductions des Bitaubé de l'esthétique.

Ce qui paraît blesser surtout M. le secrétaire perpétuel, c'est que les envois des élèves ne seront plus l'objet d'un ju-

gement lu en séance publique. Sans doute M. le secrétaire
perpétuel y perd l'occasion d'un beau discours, et cette perte
sera très-sensible à tous les amis de la prose classique où fleu-
rissent des images comme celles-ci, par exemple, à propos
d'Horace Vernet; » *Il était dans sa destinée de s'arrêter quand
le succès enflait ses voiles* », ou encore les dénombrements de
héros à la façon d'Homère : Léon Cogniet, professeur aimé
de la jeunesse, Michallon, dont les paysages ont eu de l'é-
clat, etc.; mais cette perte est-elle définitive? et si on sup-
pliait M. le secrétaire perpétuel de lire en séance publique
les éloges que les « maîtres de l'art » voudraient bien accorder aux élèves de la nouvelle École, M. le secrétaire perpétuel
aurait-il la barbarie de refuser? Nous aimons à croire que
non.

M. Beulé s'inquiète beaucoup aussi de ce que les habitants
de Rome penseront du décret. Au fond, je crois que cela lui
est égal et à moi aussi. Mais dans la forme M. Beulé à tort.

« Que diront les Romains, s'écrie-t-il, que ne diront pas les
artistes étrangers qui affluent dans la ville éternelle, et qui, dans
les expositions, triompheront sans peine, chose nouvelle pour eux,
de nos trop faibles lauréats? Et cette tradition que les anciens
transmettaient à leurs successeurs, ces règles non écrites dont ils
perpétuaient le souvenir, tout sera interrompu. La moralité du
travail commun, la dignité, le désintéressement, cette noblesse
de cœur dont on se pénétrait à Rome par cinq ans de contemplation, de bons exemples, de conseils respectés, de fraternité
généreuse et qu'on rapportait à Paris pour le reste de sa vie, tout
sera dissipé! »

Je dis que M. Beulé à tort dans la forme, car dans ces lignes
que je viens de citer, il y a presque autant d'erreurs que de
lignes.

Les artistes étrangers, en effet, ne triompheront pas de
nos futurs lauréats, si nos futurs lauréats continuent la tradition de leurs anciens qui n'ont jamais rien envoyé aux expositions de Rome. L'Académie exposait chez elle les envois
destinés à la France. Quand aux Romains, ils sont convaincus
que les pensionnaires vont à Rome pour surprendre les se-
crets des maîtres romains *modernes*. (Interrogez les pension-

naires à ce sujet). En voyant moins de pensionnaires, ils auront peut-être moins bonne opinion d'eux-mêmes.

Je voudrais dire un mot aussi de cette noblesse de cœur
dont on se pénétrait à Rome (pourquoi pas ailleurs?) et de
la fraternité généreuse dont parle M. Beulé. L'exemple est
tout récent : un jeune peintre de l'École des Beaux-Arts avait
été désigné pour le prix de Rome par la section de peinture
de l'Académie des Beaux-Arts. Par suite de l'heureuse organisation de ce jury, les académiciens, sculpteurs, architectes
et musiciens cassèrent le jugement de la section seule com-
pétente, la section de peinture. Le jeune homme, frustré
d'une récompense enviée et qui plus est méritée (son dernier
Salon en est la preuve), partit pour la ville éternelle, où le
très-digne M. Schnetz, directeur de l'Académie de France à
Rome, lui donna à titre gracieux une chambre dans la villa
Medici. Cet artiste, jeune, aimé de ses camarades de l'École,
ne fut pas reçu une seule fois par eux dans leur salle à manger
ni dans leur salon. Les pensionnaires, loin d'imiter la géné-
rosité du directeur, vécurent en contact quotidien avec leur
ancien ami, leur ancien concurrent, qui avait échoué, — et,
à leur connaissance, de quelle façon? — sans l'admettre une
fois dans la pièce où ils passaient leurs soirées. Ces messieurs
n'auraient plus été chez eux. Est-ce là cette fraternité généreuse que l'on nous vante, cette noblesse de cœur dont on se
pénétrait à Rome par cinq ans de contemplation?

M. Beulé termine son article en déclarant que le Décret du
13 novembre amènera l'abaissement et la ruine de l'école. A
l'entendre faire cette déclaration avec tant de décision rail-
leuse et radieuse, on croirait vraiment que c'est là son vœu
autant que sa crainte. Si toute ardeur cependant, si toute
flamme n'est pas éteinte au cœur des jeunes générations, s'il
est juste que l'art d'une grande époque et d'un grand peuple
ne se débatte pas plus longtemps sous les efforts de la routine académique, un prochain avenir confondra, nous en
avons l'assurance, les adversaires intéressés de l'excellente
mesure qui vient de s'accomplir.

Le Décret du 13 novembre, en maintenant, en élargissant
l'enseignement de la tradition, sans exclure les libres mani-

festations du génie individuel, a, par cela seul, rendu le courage, la confiance, l'espoir à toutes les âmes jeunes et hautes qui se sentent désormais inviolablement protégées.

IV

La protestation de l'Académie des Beaux-Arts et la réponse du Ministre de la maison de l'Empereur et des Beaux-Arts.

L'insertion au *Moniteur* de la protestation de l'Académie des Beaux-Arts et de la réponse du ministre de la maison de l'Empereur et des Beaux-Arts a produit dans le grand public une sensation profonde.

Le grand public (que l'on me permette de désigner ainsi cette partie de la société qui ne fait pas des questions d'art sa préoccupation exclusive), le grand public n'a été informé que par le *Moniteur* du 6 janvier de la résistance opiniâtre que l'Académie faisait à l'exécution du Décret du 13 novembre. En produisant la protestation de la quatrième classe de l'Institut et la réponse du ministre, le journal officiel a mis chacun au courant de la situation et l'a mis aussi à même de décider immédiatement de quel côté étaient le droit, l'intention libérale et l'amour du progrès.

Le manifeste de l'Académie reproduit sous une forme plus respectueuse, mais presque dans les mêmes termes, les arguments que nous avons relevés et discutés un à un dans l'article de M. Beulé. Il ne soulève qu'une question nouvelle, celle de la légalité de la mesure.

S. Exc. le maréchal Vaillant a donné dans sa réponse la mesure de son esprit de conciliation et de sa fermeté. Il a voulu ramener ceux qui, sur la foi et à l'imitation de l'Académie, étaient disposés à se laisser glisser sur la pente de l'opposition au Décret, il a voulu satisfaire plus amplement encore ceux qui croyaient déjà à l'utilité de cette importante mesure et leur apporter de nouvelles et décisives explications.

Ceci est une bonne grâce faite à tout le monde. Personne ne s'y trompera, et dans cette affaire de la réorganisation de l'École des Beaux-Arts, on ne se plaindra toujours pas que les documents exacts, clairs, positifs, aient fait défaut à ceux qui aiment à se rendre compte de toute chose.

Pour nous, nous avons fait suivre aux lecteurs de ce travail aussi soigneusement que possible la question de l'École dans ses développements successifs. Sans rien céder de notre sentiment personnel, nous leur avons exposé dans le plus scrupuleux détail les diverses phases du procès. Nous reproduisons ici, *in extenso*, les pièces officielles de l'attaque et de la défense[1]. Le Décret du 13 novembre a été résolûment maintenu et confirmé de la manière la plus formelle. Notre rôle, en présence de cette publication officielle, le rôle de tout écrivain qui a, dès l'origine, approuvé la réforme de l'enseignement à l'École et motivé son approbation comme nous l'avons fait, se borne à constater la haute valeur de la réponse du ministre et à conclure, quant à présent, sur l'ensemble de la question, à prévoir les résultats probables de cette réforme.

Le travail du ministre révèle la vive et très-sincère préoccupation de favoriser l'enquête du public sur ce sujet. C'est toutes pièces en main et armé de vérités incontestables qu'il répond aux objections de l'Académie, qu'il les combat et les réfute. Dans l'allure de la réponse, grave, ferme et à la fois courtoise et pleine de prévenances pour l'illustre Compagnie, on sent très-bien que le maréchal Vaillant a dû faire appel à une sorte de bravoure qui, pour n'être point éclatante comme celle des champs de bataille, n'en est que plus rare, je veux parler de cette bravoure qui consiste à lutter avec des hommes distingués dont il était le confrère, peut-être l'ami, pour maintenir ce qu'il considérait comme juste et comme le droit de la jeunesse contemporaine : la liberté des études d'art, l'affranchissement de l'activité esthétique sous toutes ses formes.

---

1. Tous les journaux n'ont pas eu cette loyauté. l'un d'eux n'a publié que la protestation de l'Académie.

C'était là l'esprit du Décret et c'est ainsi que l'avait compris la grande majorité formée de ceux qui ont applaudi à sa promulgation, fût-ce même au prix de quelques restrictions et réserves dont la justesse ne sera démontrée qu'à la longue et dans l'application du nouveau règlement.

L'opposition, en très-petite minorité, n'a été pour les uns qu'une affaire de parti pris, d'opposition quand même à un acte du gouvernement ; quelques autres ont cédé à certains doutes sur la légalité de la mesure ; d'autres enfin ont obéi, il faut bien le dire nettement, à certaines influences actives qui leur montraient leur intérêt personnel mis en jeu et menacé.

Pour les premiers, il n'y a point à se faire d'illusion : on ne saurait convaincre qui ne veut point être convaincu.

Pour le second cas, nous renvoyons à toute la partie spéciale sur ce point de la réponse du ministre. Il établit les droits du gouvernement au double point de vue légal et historique. Il rappelle toutes les modifications apportées légalement à l'organisation de l'Institut par simples ordonnances ou décrets, depuis l'arrêté du 3 pluviôse an XI, qui a réglé l'existence de l'Académie des Beaux-Arts comme classe séparée de l'Institut, jusqu'au décret du 14 avril 1855, qui a créé une nouvelle section dans la classe des sciences morales et politiques. De la question de droit légal passant à la question de droit moral, le ministre invoque contre les adversaires du Décret la simple autorité du bon sens :

« Prétendre, dit-il, que des lois ou règlements établis sous le règne de Louis XIV ne sont pas susceptibles de profondes modifi cations, c'est montrer, aux yeux de tous, la faiblesse même de motifs sur lesquels s'appuie la protestation rédigée par M. le secré taire perpétuel de l'Académie ; c'est prouver qu'une compagnie qui conserve de pareilles illusions ne saurait être consultée lorsqu'il s'agit d'établir un système d'encouragement en rapport avec notre siècle. »

J'ajouterai que les scrupules de quelques bons esprits [1] sur

1. Voir les articles de M. F. de Lasteyrie, dans le *Temps* des 27 et 31 décembre 1863.

la légalité du Décret me paraissent de toute façon bien excessifs. Tous les légistes du monde déclareraient-ils le contraire, je n'admettrais point, quant à moi, que Napoléon III ne pût modifier, réformer, améliorer une institution fondée par Louis XIV. Bien plus, j'ose croire que le grand roi lui-même aurait été bien surpris si, l'avenir, par miracle, lui ayant été dévoilé, il eût vu toute la société française transformée et l'Académie seule subsistant au nom des priviléges de 1648 [1]. Il n'eût point compris, je pense, ce fétichisme en vertu duquel, au milieu du mouvement général, l'enseignement des arts serait resté immobile, l'enseignement, c'est-à-dire la chose qui, par son principe même, est appelée, entre toutes, à se modifier et à progresser.

On s'appuie aussi sur la réorganisation faite en 1801 par le Premier Consul.

Voici ce que répond S. Exc. le maréchal Vaillant :

« Si l'Empereur Napoléon Ier, au sortir de la révolution, a voulu que cette ancienne Académie des Beaux-Arts fût relevée de ses ruines, c'est qu'avec l'esprit pratique qui caractérisait son génie, il a voulu d'abord rétablir une institution dissoute ; mais la création des prix décennaux, invoquée dans la lettre de l'Académie, montre assez que l'Empereur voulait donner un stimulant de plus aux artistes. C'était une pierre nouvelle ajoutée à l'édifice qu'il venait de rétablir sur des débris. Alors l'Empereur Napoléon Ier se servait des éléments épars qu'il avait sous la main, et ces éléments, en ce qui touche aux arts, ne lui permettaient que d'entreprendre une restauration. Mais certainement l'Empereur ne songeait pas à doter une *aristocratie élective comme étant le plus digne couronnement d'une civilisation*. C'est fausser l'histoire que de prêter de pareils motifs à l'Empereur, organisateur des principes de la révolution. »

Que dire de plus et comment dire mieux ? J'oserai cependant reprendre à la suite de ces lignes si fermes et dire que Napoléon Ier, l'homme qui eût peut-être le plus de dédain

1. Encore faut-il faire remarquer que la réorganisation de l'Institut par le Premier Consul laissait subsister bien peu de chose de l'organisation première de l'ancienne Académie royale de peinture. Cette tradition de deux siècles, dont se réclame le secrétaire perpétuel, n'a pas été homogène ni suivie autant qu'il le prétend.

pour toute espèce de coterie et d'immobilité, était certainement convaincu que les hommes éclairés à qui il confiait l'enseignement de l'art ne s'immobiliseraient point dans une inertie fatale, qu'ils avanceraient dans la voie toute tracée du progrès. Je ne crois pas qu'il y ait une audace bien grande à supposer qu'il n'avait pas alors l'intention d'enchaîner les formes de l'enseignement pour 1863. Chaque article du règlement était, dans sa pensée, soumis à toutes les modifications nécessitées par l'accomplissement des années, et, en effet, ces modifications auraient pu se faire selon les besoins successifs des générations, si la pensée de Napoléon Ier n'avait été faussée. N'était-il point permis d'espérer que des hommes spéciaux et distingués dans leur art, entre les mains de qui on remettait une partie des attributions d'un ministère, seraient capables de faire fonctionner et d'améliorer l'institution qu'on leur confiait. C'est un étrange démenti donné à tout l'Empire que de voir dans cette restauration d'une des attributions de l'Académie des Beaux-Arts par Napoléon Ier une dotation faite à une *aristocratie élective* qui, selon M. le secrétaire perpétuel, paraissait le plus digne couronnement d'une civilisation[2]. L'Empereur n'avait pas prévu l'esprit de système. Il avait cru, dans son bon sens universel, que le sentiment de la conservation aiderait l'Académie à franchir les mauvais pas où par orgueil et par étroitesse de vues un corps privilégié est toujours menacé de tomber. Louis XIV n'a donc pas voulu fonder, Napoléon Ier rétablir une institution destinée à durer éternellement, mais l'un et l'autre une institution excellente telle qu'ils la constituaient en 1648 et en 1801.

Me serait-il permis d'aller plus loin ? Je dirais de même : Napoléon III, en signant le Décret du 13 novembre, n'a certainement pas voulu lier l'avenir au delà de ce qui est raisonnable et juste. Il n'a point prétendu engager l'enseignement à l'École des Beaux-Arts pour un nombre d'années plus grand que celui ou la récente organisation sera profitable et pourra

1. L'aveu est d'ailleurs bon à recueillir et à opposer à ceux qui avaient gémi sur la suppression du principe républicain à l'École, lorsqu'il n'y avait là qu'une petite et jalouse oligarchie.

produire de bons résultats. Il n'a point arrêté à tout jamais le développement naturel et croissant des améliorations que le temps rendra nécessaires.

Toute la question entre l'Académie et le Gouvernement repose sur la discussion du droit au progrès. Le Gouvernement cherche le mieux. L'Académie se déclare immobile et infaillible dans son immobilité. Le public n'hésitera point entre les deux principes. Je conviens qu'il était dur pour l'Académie de s'entendre nier l'infaillibilité. Cependant n'était-il pas grand temps de s'appuyer sur quelque chose de plus solide qu'une prétention injustifiable?

M. le ministre des Beaux-Arts a touché le point vif de l'ancien état de choses, lorsqu'il a dit :

« Il ne peut être question dans une école d'art de former des artistes quand même; mais il s'agit de fournir aux jeunes gens doués d'aptitudes réelles pour l'art les moyens les plus étendus, les plus prompts et les plus libéraux de s'instruire; de cultiver chez eux un talent individuel, original, de le développer; puis, cela fait, de les rendre au pays, qui s'en sert et en profite. Un enseignement d'art doit produire la qualité et non la quantité. »

L'Académie se plaint qu'on lui ait manqué d'égards en agissant sans la consulter; le Rapport du ministre rappelle comment l'Académie accueillit en 1831 un arrêté de M. le comte de Montalivet, ministre de l'intérieur, arrêté par lequel il était formé une commission chargée de faire un rapport sur les modifications qui pouvaient être apportées aux règlements de l'Ecole des Beaux-Arts et de l'Académie. L'Académie déclara nettement qu'elle avait seule le droit de proposer tous les projets d'amélioration dont l'étude des arts est susceptible. Après une nouvelle tentative de la part du ministre, également repoussée par l'Académie, le projet de réorganisation fut abandonné.

Nous dira-t-on que ce qui était une raison d'agir en 1831 n'en est plus une aujourd'hui? Ce serait bien peu connaître l'esprit de l'Académie. Et ne prouve-t-elle pas, par son attitude en ce moment, combien il était sage d'agir sans la prévenir? D'ailleurs le mal n'a-t-il pas été en augmentant? Ce qui était une amélioration très-désirable en 1831, n'est-il pas devenu d'impérieuse nécessité en 1863?

Ne se demandait-on point, en voyant les concours annuels, à quel degré de faiblesse on les laisserait tomber sans essayer de les relever?

Nous allons faire un rapprochement qui choquera sans doute les partisans de l'Académie. Mais comment l'éviter? N'est-il pas un fait constant, c'est qu'à mesure que les concours de l'Ecole, dirigés par l'Académie, allaient s'affaiblissant, ceux des écoles de dessin où l'enseignement est surveillé et dirigé par l'État, l'*Ecole gratuite de dessin*, par exemple, ont toujours été en progrès sensibles d'année en année.

Quelque respect qu'on ait pour les membres de l'illustre compagnie, on ne peut s'empêcher de penser à ceci et de le redire : « Vous aviez le droit et le pouvoir de tout faire ; vous n'avez rien fait. On vous a prévenus, vous êtes restés sourds à tous les avertissements. Si vous tombez maintenant, frappez-vous la poitrine, mais n'accusez pas ceux qui vous retirent un pouvoir très-grand dont vous n'avez pas usé. » Des institutions tout aussi importantes que l'Académie et plus solidement fondées ont dû subir la loi inévitable du progrès. Dans le mouvement des âges, celles qui n'ont point su aller, sinon en avant de leur époque, au moins du même pas qu'elle, ont été laissées sur le chemin comme inutiles. C'est le bagage trop lourd qu'à l'heure du danger on jette à la mer sous peine de ne pouvoir se relever.

L'ancien état de choses n'était plus supportable. Il n'y a pas à le nier, et personne n'y songe. Les faits en étaient arrivés à ce degré de gravité que les concours de l'Ecole excitaient ouvertement la raillerie. (Et M. Beulé nous parle des *refusés!*) Le public sentait le mal, il voyait en quelle vétusté l'Ecole était tombée. L'Académie refusait de le voir ou l'oubliait. Le ministre a dû s'en souvenir, et comme un ministère n'est pas un privilége, mais une force active, qui ne vit que pour et par l'action, partout où il y a quelque amélioration à apporter, le ministre l'apporte. Il ne peut, pour complaire à quelques hommes opposés à toute réforme, démériter aux yeux du souverain et du pays.

Et maintenant j'en arrive à la troisième catégorie d'opposants au Décret, à ceux qui ont craint de compromettre certains avantages espérés, enviés, tels que leur entrée future à l'Académie, s'ils donnaient leur adhésion au Décret. Ces messieurs de l'Académie avaient répandu le bruit que tout serait suspendu, et beaucoup de ceux-là mêmes qui approuvaient le plus la mesure ont craint un contre-coup. Je ne dis point que cela fasse honneur à la solidité de leurs convictions ; mais, que voulez-vous ? cela est. « Peste ! se sont-ils dit, si ces messieurs gardent leurs priviléges, nous aurons des hostilités bien nombreuses en face de nous. » Les plus timorés sont maintenant rassurés. Ils auraient pu l'être plus tôt et cela sans grand effort de réflexion. En effet, ce n'est pas après avoir tenté par une opération si énergique de rendre la vie à un corps inerte qu'on l'abandonne bénévolement à son inertie première. On ne passe pas si promptement de la mort à la vie et de la vie à la mort. Une telle réforme est faite pour demeurer, et elle demeurera. Le moyen qu'elle porte tous ses fruits, c'est que chacun s'y dévoue et recherche les meilleurs procédés d'application.

Les membres de l'Académie, en somme, sont peut-être froissés pour le moment ; mais comme ils sont intelligents (il ne peut en être autrement), lorsqu'ils se seront pénétrés des excellents résultats que doit amener la mesure, ils abjureront toute rancune. D'ailleurs, ne s'agit-il pas des progrès de toute une classe d'hommes ? Cela suffit pour que tout le monde s'y applique. Je me laisse entraîner trop loin peut-être, et les sceptiques me diront que je fais l'humanité meilleure qu'elle n'est. C'est une illusion que j'aime à garder. Je ne puis croire que la bonne volonté manque dès que l'intérêt personnel n'est plus sollicité et caressé. Ce qui nous fait espérer que les hommes de talent de l'Académie comprendront l'excellente portée des nouvelles mesures, c'est le parti qu'ils ont pris de ne point signer leur protestation à Sa Majesté. On délibère, le secrétaire perpétuel donne un extrait des délibérations ; mais on ne s'engage pas absolument, individuellement, en donnant sa signature. On proteste comme académicien, non comme artiste. Chacun se réserve assurément le droit et se fera même un devoir d'étudier et de discuter vis-à-vis de lui-même le Décret du 13 novembre.

Notre espoir est encore fondé sur autre chose. C'est que, dans cette grande réforme de l'enseignement, l'Académie ne proteste pas du tout contre la nouvelle organisation de cet enseignement; c'est aussi que les journaux qui ont pris parti pour l'Académie, et ils sont bien peu nombreux, ont reconnu la nécessité de cette réforme. (La plupart des journaux importants se sont abstenus de se mêler à la discussion, et il y a des situations où le silence équivaut à l'approbation[1].) L'un d'eux, qui, avant la publication du *Moniteur* du 6 janvier, jetait feu et flammes contre le Décret, s'est converti tout à coup, et dans un second article a fait une volte-face complète. Le rédacteur doit être un homme d'esprit, il a bien pris son parti et sans trop hésiter. L'Académie fera de même à la longue. Mais ce qui reste une charge bien grave contre l'ancien ordre de choses, c'est que l'Académie n'ait pas rencontré une seule adhésion absolue, sans réserves, au système d'enseignement dont elle défendait les derniers vestiges.

L'activité donnée aux esprits par cette polémique n'aura pas été inutile. La discussion a fait voir et toucher le fond des choses. Maintenant elle est close[2], il ne s'agit plus que de se recueillir : il faut travailler, réfléchir, utiliser les éléments

1. La fermeté de la réponse du ministre a décidé la plupart des journaux à entrer dans la lice. Ils ont eu le bénéfice de l'attente. Largement éclairés par ce nouveau document, ils n'ont point marchandé leur approbation tardive mais entière au Décret du 13 novembre.

Les journaux des départements commencent à s'occuper aussi de cette vive question, et parmi eux je tiens à signaler la *Franche-Comté*, qui a publié un excellent article de M. le baron Ernouf, dont voici les dernières lignes : « Les attaques mêmes dont ce Décret est l'objet ne font qu'en consacrer l'opportunité. Le gouvernement, en persévérant dans cette voie, pourra avoir contre lui les rancunes passagères d'une coterie, mais il en sera consolé par e suffrage de tous les hommes éclairés et impartiaux, par le progrès réel de l'enseignement, et une élévation inévitable de la moyenne des talents nouveaux dans une sphère désormais plus vaste et plus indépendante. »

2. La discussion est-elle close? Je le souhaite plus que je ne suis autorisé à le croire, si je m'en rapporte à ce qui se répète des intentions de l'Académie. Cependant, jusqu'à de nouveaux actes d'une opposition dont la persistance dépasserait la mesure, considérons que ces bruits n'ont rien de fondé.

d'étude que l'on met à la disposition des artistes. Chaque pas en ce sens sera marqué par un progrès. A mesure que le temps démontrera la valeur de la nouvelle mesure, on verra les adhésions arriver de toutes parts, nous n'en doutons pas ; mais la question n'est-elle pas assez sérieuse pour que les artistes fassent un effort d'intelligence et prévoient dès aujourd'hui la portée de ces réformes ? Le choix doit être facile à faire, pour les artistes un peu individuels, entre la routine et le progrès, entre l'immobilité et le mouvement. Parmi les artistes militants il en est bien peu qui au fond du cœur n'aient approuvé le Décret du 13 novembre. C'est à ceux-là cependant que je demanderai de relire le Rapport du ministre et celui du Surintendant. Ils y verront qu'on y défend les doctrines qui leur sont chères ; ils reconnaîtront que ce qu'ils appellent le beau, y est l'objet de préoccupations sérieuses conçues sous l'empire d'idées plus larges peut-être et de vues plus étendues. Mais, est-ce combattre le beau que d'élargir son domaine ? — Est-ce l'avenir de la tradition qui les inquiète ? Que dit-on à la jeunesse, sinon de chercher partout, dans toutes les écoles, au nord et au midi, des foyers d'inspiration et d'étude ? N'est-ce pas l'avènement définitif de la tradition, non de la tradition académique, mais de la tradition des maîtres, dégagée de toute prévention exclusive et rendue libre pour chaque élève ?

Ah ! je le reconnais, il a fallu une grande fermeté et la certitude de faire le bien pour assumer sur soi la responsabilité d'un tel acte ; et S. Exc. le maréchal Vaillant a pu dire en toute assurance à l'Empereur :

« Ce ne sera pas un des moindres titres à la reconnaissance de la postérité pour le gouvernement de Votre Majesté d'avoir accompli, après mûre réflexion et après une étude sérieuse de cette grave question, une réforme essayée vainement plusieurs fois depuis le commencement du siècle et désirée ardemment par toutes les personnes qui s'intéressent au développement des arts en France. »

Mais ce que le ministre n'a pu dire, ce que tout le monde proclame dès aujourd'hui, c'est que, dans sa reconnaissance, la postérité associera au nom du souverain qui a signé le Déçret du 13 novembre celui de M. de Nieuwerkerke, qui a fait le Rapport motivant le Décret, et celui du maréchal Vaillant qui a fait le Rapport défendant le Décret. Ces trois documents officiels sont désormais inséparables l'un de l'autre.

DOCUMENTS OFFICIELS.

RAPPORT A L'EMPEREUR.

SIRE,

En rattachant les Beaux-Arts à l'administration de sa Maison, Votre Majesté a voulu prouver tout l'intérêt qu'Elle leur porte; Elle les a rapprochés du Trône afin de leur accorder une attention toute personnelle.

La première question qui a éveillé la sollicitude de Votre Majesté, et dont Elle a prescrit l'examen, concerne l'organisation de l'École impériale et spéciale des Beaux-Arts, qui date de 1819, et qui a cessé d'être en harmonie avec la marche des idées et les besoins de l'époque actuelle.

J'ai l'honneur de soumettre à l'Empereur un projet de décret qui, en séparant les attributions administratives de celles de l'enseignement, reconstitue cet établissement sur des bases nouvelles et normales, et dont les dispositions principales ont pour but de faire disparaître des priviléges et des restrictions incompatibles aujourd'hui avec les principes libéraux qui dirigent le Gouvernement de Votre Majesté.

Le rapport qui m'a été adressé par M. le surintendant des Beaux-Arts, et que j'ai placé sous les yeux de l'Empereur, contient toutes les explications propres à faire apprécier la nature et la portée de ces innovations. J'approuve toutes les conclusions de ce rapport, et je prie Votre Majesté de vouloir bien revêtir de sa signature le projet de décret ci-annexé.

Je suis avec respect,

Sire,

De Votre Majesté

Le très-humble, très-obéisssant serviteur et fidèle sujet,

Le maréchal de France, ministre de la Maison de l'Empereur et des Beaux-Arts,

VAILLANT.

RAPPORT

A S. Exc. le maréchal de France, ministre de la Maison de l'Empereur et des Beaux-Arts.

Monsieur le ministre,

Pour me conformer aux ordres de l'Empereur que vous m'avez fait l'honneur de me transmettre, j'ai dû porter mon attention sur l'organisation de l'Ecole impériale des Beaux-Arts, qui a pour mission de diriger l'éducation des artistes, et qui, selon les tendances et les doctrines qu'elle fait prévaloir, peut exercer une influence décisive sur le développement des talents, en favoriser ou en arrêter l'essor, en un mot, élever ou abaisser le niveau de l'art. Aucune mission n'est donc plus importante et plus sérieuse; mais, après l'examen le plus approfondi et le plus consciencieux, je n'hésite point à dire que l'organisation actuelle n'offre pas toutes les garanties que le Gouvernement et le public sont en droit de réclamer, et que des réformes capitales doivent être introduites aussi bien dans le système administratif de l'Ecole que dans le système d'enseignement.

Aux termes du règlement constitutif annexé à l'ordonnance du 4 août 1819, qui régit encore l'Ecole impériale des Beaux-Arts, l'administration de cet établissement est confiée aux professeurs, qui se réunissent en assemblées générales. Tous les ans ces professeurs élisent entre eux un vice-président qui passe de droit à la présidence l'année suivante. Le président, le vice-président et le président sorti de fonctions, assistés du secrétaire perpétuel et d'un des professeurs de la section d'architecture, composent le conseil d'administration, qui est chargé de faire exécuter toutes les décisions prises dans les assemblées générales, de maintenir les règlements et de correspondre, par l'intermédiaire du président et du secrétaire perpétuel, avec le public et le ministre, quand il y a lieu. Je dis *quand il y a lieu*, car, à l'exception des autorisations et liquidations de dépenses, les communications du conseil au ministre n'ont pour objet que la notification des mesures prises dans les assemblées générales, mesures qui, pour la plupart, n'ont pas besoin, en vertu du règlement précité, d'être soumises à l'approbation ministérielle. Ainsi, quand une vacance se produit dans le personnel des professeurs, ce sont les professeurs qui nomment directement à cet emploi, et le ministre est simplement informé de leur décision. Il est vrai qu'on n'a jamais considéré de telles nominations comme suffisantes, et que l'administration a toujours jugé indispensable de les faire sanctionner par une décision spéciale du Souverain; mais il est vrai aussi que l'administration, liée par l'ordonnance de 1819, ne s'est jamais crue autorisée à rien changer au choix des professurs. Les professeurs sont également les seuls juges des modifications à introduire dans le régime de l'Ecole, qu'il s'agisse de l'admission des élèves, de l'enseignement, des récompenses, des concours, c'est-à-dire des questions les plus vitales et de l'ordre le plus élevé; en un mot, par une étrange interversion des rôles, l'assemblée des professeurs exerce les attributions ministérielles, et le ministre, qui est responsable devant l'Empereur de la gestion de l'Ecole, est dépourvu des moyens de lui imprimer sa direction et de faire même pénétrer dans le conseil un seul représentant de ses idées.

Qu'un corps savant se recrute lui-même et par l'élection, c'est là un fait normal, une règle acceptée par tous; mais l'Ecole impériale des Beaux-Arts n'est pas un corps savant, c'est un service de l'Etat, c'est, comme le Conservatoire de musique, un établissement public dont la direction et la surveillance sont placées dans les attributions d'un département ministériel, et qui doit être, en conséquence, régi et administré d'après les mêmes principes. Qu'il me soit permis, en outre, de vous faire remarquer, monsieur le ministre, que le mode actuel de nomination des professeurs présente des inconvénients d'autant plus graves qu'il a pour résultat inévitable de perpétuer des doctrines et des théories plus ou moins absolues, et cela dans un temps où le public, n'ayant point de système, point de parti pris, comprend tout et juge tout sans prévention, heureux quand il trouve un mérite quelconque dans les tentatives les plus audacieuses.

Il me paraît donc impérieusement nécessaire de rendre à la prérogative ministérielle la nomination des professeurs et, en laissant à ces derniers leurs attributions naturelles, celles de l'enseignement, de charger de l'administration de l'Ecole un directeur qui pourrait être nommé par décret impérial et seulement pour un temps déterminé.

Un conseil supérieur, qui serait institué près l'Ecole et qui se composerait de membres choisis par les artistes éminents et les personnes les plus éclairées en matière d'art, serait appelé à donner au ministre des avis purement consultatifs sur les questions qui sont aujourd'hui résolues en dernier ressort par l'assemblée générale des professeurs.

J'aborde maintenant l'examen du mode d'enseignement présentement suivi dans l'Ecole impériale pour développer les dispositions des élèves et exciter leur émulation.

L'enseignement, à proprement parler, ne consiste guère, pour les peintres, sculpteurs et graveurs, que dans un cours de dessin, si on peut donner ce nom à de courtes séances où, pendant quelques mois de chaque année, les élèves dessinent d'après la bosse ou le modèle vivant, sous les yeux d'un professeur qui donne des conseils en parcourant les bancs. Pour les élèves arrivés à un degré d'instruction supérieur, il y a, en outre, un cours d'anatomie. Les architectes suivent des cours de mathématiques, de géométrie descriptive, d'architecture, d'histoire de l'art et de construction. Il y a enfin, pour tous les élèves de l'Ecole, un cours d'histoire générale. Il faut remarquer que la plupart des cours sont peu suivis ; il y en a même qn'on ne fait point.

N'est-il pas extraordinaire que, dans une Ecole où les peintres sont en majorité, il n'y ait point de professeur de peinture ? Ne serait-il pas nécessaire cependant que les élèves apprissent de quels procédés se sont servis les grands maîtres qu'on leur propose pour modèles ? Il y a là une regrettable lacune à combler.

Au commencement de ce siècle, nous avons eu plusieurs écoles particulières qui ont jeté un vif éclat. David, et après lui Gros, Guérin, Girodet, Ingres, ont eu des ateliers et ont formé des élèves dont plusieurs ont acquis une juste renommée. On se plaint aujourd'hui que très-peu d'artistes en réputation s'occupent de former des élèves, et plus d'un critique trouve là un signe de décadence. Des causes toutes matérielles les empêchent très-souvent d'ouvrir un atelier. Maintenant il n'est pas aisé de trouver à Paris un logement convenable pour recevoir des élèves. Beaucoup d'artistes éprouvent de la répugnance à se mêler des détails de l'administration d'une école. Peut-être parviendrait-on à lever ces difficultés en établissant aux frais du Gouvernement des ateliers dont la direction serait confiée à des professeurs nommés et indemnisés par le ministre des Beaux-Arts.

Je signalerai à l'attention de Votre Excellence une autre lacune dans l'enseignement : il n'y a pas à l'Ecole de cours de gravure, bien que cet art comprenne une foule de procédés qu'il importerait d'exposer, de discuter, pour en montrer les ressources, les avantages ou les inconvénients.

On est encore surpris qu'on n'enseigne aux architectes ni les règlements administratifs qui les concernent, ni la pratique des opérations sur le terrain. Le Gouvernement, qui forme des architectes, devrait, ce semble, veiller à leur éducation pratique, dont dépend la bonne exécution des constructions publiques et souvent la fortune des particuliers.

En comblant de pareilles lacunes, qui existent dans l'enseignement, en perfectionnant ainsi l'éducation des artistes, on assurerait à notre industrie une supériorité qui commence à lui être contestée.

Supposons donc que tous les cours de l'Ecole, ceux qui existent déjà et ceux dont nous réclamons la fondation, soient faits avec conscience et talent. A mon avis, ce ne sera pas encore assez. Le champ de l'esthétique est immense et chacune de ses parties peut être envisagée à des points de vue fort différents. Tout homme qui a fait une étude sérieuse des beaux arts a quelques idées qui lui sont propres et qu'il serait utile de répandre. Nous voudrions notamment que l'administration fit appel à tous les hommes de bonne volonté qui consentiraient à faire gratuitement de telles communications. Dans la plupart des cas, quelques conférences suffiraient pour exposer les notions ou les théories nouvelles, et il y aurait lieu seulement d'ouvrir une salle et d'afficher un programme.

Pour mieux expliquer ma pensée, citons au hasard quelques exemples des leçons qui, à notre sentiment, pourraient être faites avec utilité : Un érudit s'est occupé de recherches sur les costumes des anciens, qu'il en fasse part aux amateurs de la vérité historique. Un chimiste a trouvé des couleurs nouvelles, ou bien un amateur a découvert quelques procédés des maîtres anciens, qu'ils en démontrent publiquement les avantages. Un médecin a étudié le mouvement des muscles produits par les différentes passions, il aura plus d'une leçon intéressante à faire. Un critique, enfin, s'est-il fait une théorie du beau, qu'il l'explique. Nous verrions très-peu d'inconvénients à ce que dans la même enceinte on développât des systèmes très-différents, que, par exemple, on prêchât tour à tour l'imitation servile de la nature et la recherche d'un type idéal. Tout ce qui peut exciter la pensée chez les élèves est utile. Il n'y a qu'un danger, c'est qu'ils se représentent l'art comme une longue allée droite au bout de laquelle on arrive avec de la patience. Il convient que de bonne heure ils mesurent l'étendue de la carrière où ils s'engagent, et qu'ils sachent bien qu'on n'arrive au but qu'après les méditations les plus sérieuses et l'exercice continuel de toute l'intelligence. Socrate, fils d'une sage-femme, se comparait à un accoucheur. Par son enseignement il savait obliger ses disciples à produire le plus grand effort dont leurs facultés étaient susceptibles. Il les habituait à penser par eux-mêmes. C'est une éducation analogue que nous voudrions pour nos jeunes artistes, et tout exercice tendant à ce but peut et doit leur être recommandé.

Cette originalité personnelle, qualité si essentielle aux artistes, que l'enseignement tend si peu à développer aujourd'hui, est encore entravée de la manière la plus regrettable par le système des concours en usage dans notre école, et qui est devenu la principale affaire des élèves et des professeurs. Depuis l'admission d'un élève jusqu'à sa sortie, il passe par une série d'épreuves suivies de récompenses graduées. Une médaille est donnée pour le dessin d'une académie, c'est la première épreuve; le prix de la dernière est une pension pendant cinq ans à l'Académie de France, à Rome. Plusieurs années se passent dans ces concours, qui toujours ont les mêmes juges; et, jusqu'à l'âge de trente ans révolus, on peut se présenter pour obtenir le grand prix, bien entendu lorsqu'on a réussi, au préalable, dans les épreuves préparatoires.

Cette sorte de filière, où doivent passer les jeunes artistes, semble fondée sur une opinion qui ne mérite guère d'être discutée, à savoir, qu'avec de la patience et de la mémoire on atteint le but. Qu'arrive-t-il? Entré à l'Ecole avec des dispositions très-prononcées, avec un sentiment personnel déjà original peut-être, l'élève ne tarde pas à reconnaître les goûts et les préférences de ses juges. Pour lui, il s'agit de réussir; c'est donc à leur plaire qu'il doit s'attacher : il sacrifiera son sentiment personnel, pour prendre la manière qu'il sait approuvée, et qui seule peut lui procurer des succès.

Si l'on doute d'un pareil résultat, qu'on examine les ouvrages des candidats aux grands prix : on sera frappé de la ressemblance qu'ils ont les uns avec les autres. Les meilleurs ne se recommandent guère que par des qualités négatives. Et, en effet, Monsieur le ministre, comment pourrait-il en être autrement? Nous sommes loin de nier que les juges soient équitables, mais ils partent d'un principe essentiellement faux. Pour une assemblée de professeurs habitués dans leurs discussions à se faire des concessions réciproques (c'est le cas pour toutes les compagnies), animés d'ailleurs par un certain esprit de corps, les défauts d'un ouvrage produisent plus d'impression que ses qualités. Sur les défauts, tous sont d'accord; les qualités sont toujours contestées. Le prix est à celui qui a le moins de défauts, non pas à celui qui a les plus grandes qualités. En d'autres termes, la médiocrité honnête a les plus belles chances de succès. Or, n'est-ce pas exactement le contre-pied de ce qui devrait servir de base à tout jugement en matière d'art ? Des qualités exceptionnelles, malgré des défauts incontestables, ont assuré l'immortalité à des maîtres : combien ne doit-on pas les apprécier et les rechercher dans un élève ! Si les juges du jeune Rubens, sans tenir compte de l'admirable couleur de ses premiers essais, ne se fussent attachés qu'à blâmer l'incorrection de son dessin ou la vulgarité de ses types, s'ils étaient parvenus à le détourner de son penchant original pour l'engager dans une autre voie, Rubens n'aurait été peut-être ni coloriste ni dessinateur.

Qu'il me soit permis, Monsieur le ministre, d'ajouter qu'il est bien difficile aux juges des concours de se soustraire à des considérations étrangères à l'art. Témoins constants des efforts patients d'un élève près d'arriver au terme fatal, à l'âge de trente ans qui va lui fermer le concours, comment ne seraient-ils pas plus indulgents pour lui que pour tel autre de ses concurrents plus jeune, et qui a le temps d'attendre ?

Pour remédier aux vices du régime actuel, il s'agirait d'ôter aux concours préparatoires leur trop grande importance et de restreindre la limite d'âge.

Lorsqu'un candidat se présente pour le grade de bachelier ès lettres ou ès sciences, on ne lui demande pas où et comment il a étudié; il doit prouver seulement qu'il possède les connaissances exigées pour ce grade. Qu'il en soit de même pour le concours aux grands prix, qu'il soit ouvert à tous ceux qui se croiront assez habiles pour s'y hasarder. Comme le nombre des loges est limité, une première épreuve est nécessaire, mais une académie et une esquisse suffiraient pour désigner les élus; une épreuve analogue pourrait s'appliquer aux architectes. Tous les autres concours préparatoires devraient être supprimés.

Nous pensons, monsieur le ministre, qu'il ne devrait y avoir qu'un seul prix pour chaque branche de l'art. Plus la distinction sera haute et rare, plus le jugement sera sévère et juste sous le sentiment d'une grande responsabilité. Un second prix est d'ailleurs une espèce de titre dont on se prévaut plus tard, et on ne saurait avec trop de soin écarter toutes les considérations étrangères au mérite relatif des concurrents dans une lutte si importante.

Il n'y a jamais eu de grand artiste dont le talent ne se soit révélé de très-bonne heure. On en chercherait vainement un dont la réputation n'ait été assurée avant l'âge de trente ans. Aussi, en proposant pour limite d'admission aux grands concours l'âge de vingt-cinq ans, nous croyons faire encore une part considérable à des habitudes qui n'ont pour elles qu'une sorte de tradition. Fermer à des jeunes gens mal doués par la nature une carrière qui selon toute apparence ne leur offre que des déceptions, c'est leur rendre un véritable service. Considérons, Monsieur le ministre, le sort probable de celui qui obtient, à trente ans, le grand prix de Rome. Il va passer cinq ans loin de son pays, loin du public dont il attend sa réputation et même son existence, et il devient de plus en plus étranger au mouvement des esprits, aux progrès de la critique qui ont lieu dans sa patrie. A trente-cinq ans il revient oublié, hors d'état de chercher une voie nouvelle, peut-être de prendre une autre carrière. Il n'a plus qu'une ressource, c'est de s'adresser au Gouvernement qui lui a donné une éducation dont il ne peut tirer parti. Il demande à l'administration les moyens d'exister, non comme on sollicite un bienfait, mais comme on réclame une indemnité légitime.

C'est ici le lieu de parler des règlements actuels de l'Académie de France à Rome, et je pense, Monsieur le ministre, qu'il est opportun d'y apporter les modifications que je vais indiquer.

La pension attribuée aux élèves, qui était convenable à l'époque où elle fut fixée, est aujourd'hui notoirement insuffisante. Logés et nourris aux frais de l'Etat, les pensionnaires reçoivent un traitement en numéraire si faible qu'il est presque impossible à ceux qui n'ont pas des ressources particulières de faire les dépenses nécessaires à l'exercice de leur art.

La résidence à Rome me paraît trop prolongée. Il est évident en principe que le lieu de séjour d'un artiste doit varier selon le caractère de son talent. Depuis plusieurs années on autorise les architectes à voyager en Grèce pendant la cinquième année; malheureusement on ne leur fournit pas les moyens matériels d'entreprendre ce voyage, assez dispendieux. Il me paraîtrait désirable que les pensionnaires ne résidassent que deux ans à Rome, et qu'en-suite on les mit en état de visiter les principaux musées de l'Europe et de faire des voyages utiles à leur éducation pendant deux autres années. Durant ces quatre années, les pensionnaires seraient tenus, comme ils le sont aujourd'hui, de donner la preuve de leurs études en envoyant quelques-uns de leurs travaux à Paris.

Tous les quatre ans, un concours de paysage est ouvert, dans lequel un grand prix est décerné. Pourquoi ce grand prix de paysage? Pourquoi divi-ser la peinture en genres? Y a-t-il eu jamais un grand peintre d'histoire qui n'ait été un grand paysagiste? Nous pensons qu'il n'y a qu'un genre de pein-ture, et c'est le plus élevé, qui ait droit aux encouragements de l'administra-tion, et nous proposerons la suppression du concours de paysage.

Une question délicate se présente, c'est le jugement des concours. Nous avons fait voir, Monsieur le ministre, quelles sont les dispositions à peu près inévi-tables qu'apportent les juges actuels. Les réclamations ont paru assez fondées pour que l'administration en ait tenu compte à plusieurs reprises dans des occasions analogues; ainsi, elle a tour à tour donné, ôté, rendu à la classe des beaux-arts de l'Institut le pouvoir de décider de l'admission des ouvrages présentés aux expositions.

Toute modification qui tendrait à constituer un jury éclairé et indépendant de toute tradition serait, n'en doutons pas, accueillie avec reconnaissance par les artistes. Un moyen d'atteindre ce but serait, à mon avis, de former ce jury par la voie du sort et sur une liste que dresserait le Comité supérieur d'enseignement à instituer auprès de l'Ecole impériale des Beaux-Arts.

En résumé, et par les considérations que je viens d'exposer, j'ai l'honneur, Monsieur le ministre, de proposer à Votre Excellence les modifications sui-vantes :

1° Création d'un emploi de directeur de cette Ecole ;

2° Réforme dans le système de nomination aux places de professeur ;

3° Création de chaires nouvelles de peinture, gravure, etc., ainsi que d'ate-liers préparatoires, dirigés par des professeurs au choix de l'Administration ;

4° Ouverture de cours gratuits à l'Ecole des Beaux-Arts, faits par toute personne présentant à l'Administration un programme qui promette un ensei-gnement utile ;

5° Institution près l'Ecole des Beaux-Arts d'un Conseil supérieur d'enseigne-ment;

6° Suppression des concours préparatoires ;

7° Fixation de la limite d'âge à vingt-cinq ans révolus pour les concours aux grands prix ;

8° Suppression des seconds prix ;

9° Réduction à quatre années de la pension accordée aux lauréats, dont deux ans passés à Rome et deux autres dans des voyages ;

10° Suppression des grands prix de paysage ;

11° Augmentation de l'indemnité accordée aux pensionnaires ;

12° Introduction d'un jury spécial pour le jugement des concours des grands prix.

En vous signalant l'opportunité de ces réformes, j'ajouterai qu'elles respecteraient, autant qne possible, les positions acquises, et qu'elles ne seraient opérées qu'avec les plus grands ménagements pour les personnes.

Veuillez agréer, Monsieur le ministre, l'hommage de mon respect.

Le Surintendant des Beaux-Arts,
comte DE NIEUWERKERKE.

NAPOLÉON,

Par la grâce de Dieu et la volonté nationale, Empereur des Français,

A tous présents et à venir, salut :

Vu l'arrêté du gouvernement de la république, en date du 3 pluviôse an II (22 janvier 1803);

Vu l'ordonnance royale du 4 août 1819;

Sur le rapport du ministre de notre Maison et des Beaux-Arts,

Avons décrété et décrétons ce qui suit :

TITRE Ier.
De l'Ecole impériale et spéciale des Beaux-Arts.

CHAPITRE Ier.
Direction — Administration.

Art 1er. L'administration de l'École impériale et spéciale des Beaux-Arts est confiée à un directeur qui est nommé pour cinq années consécutives par décret impérial.

Le directeur est le chef immédiat de tout le personnel de l'École; il est seul chargé de l'exécution des décisions du ministre et des règlements administratifs.

Il correspond avec l'administration supérieure pour les affaires du service. Toutes les dépenses doivent être autorisées par lui, dans les limites et suivant les conditions fixées par le ministre. En outre, il surveille ces dépenses, les contrôle, et en fait établir les justifications, en se conformant d'ailleurs aux règlements sur la comptabilité publique.

Il jouit d'un traitement de 8,000 francs.

En cas de maladie ou de congé, le directeur est suppléé par une personne désignée par le ministre.

Art. 2. Le personnel administratif comprend :

Un secrétaire,

Un agent comptable,

Un conservateur des modèles et objets d'art,

Un bibliothécaire.

Le personnel de l'enseignement comprend :

Des professeurs chargés de cours,

Des professeurs chefs d'atelier.

Tous sont nommés par le ministre, ainsi que les employés du service.

Les dispositions de la loi du 9 juin 1853 sur les pensions civiles sont applicables à tout le personnel de l'École, excepté aux professeurs chefs d'atelier.

Art. 3. Les professeurs chargés de cours reçoivent un traitement annuel de 2,400 francs.

En cas d'absence ou de maladie, ils sont remplacés par des suppléants choisis par le ministre. Le traitement se partage alors entre le professeur et le suppléant.

Art. 4. Sont supprimés les titres et attributions des professeurs-recteurs et émérites; toutefois, les professeurs qui sont présentement en possession de l'éméritat conserveront, sous le rapport du traitement, les avantages résultant pour eux de l'article 9 du règlement annexé à l'ordonnance du 4 août 1819.

Art. 5. Les professeurs chefs d'atelier, indépendamment des locaux qui leur sont concédés gratuitement pour l'installation de leurs ateliers, sont rétribués au moyen d'indemnités calculées à raison de 2,400 francs par an.

Ils ne peuvent pas faire partie du conseil supérieur d'enseignement institué près de l'École, ainsi qu'il va être dit au chapitre II.

Art. 6. Les professeurs ne sont pas logés dans l'École.

CHAPITRE II.
Enseignement.

Art. 7. Il est institué près l'École un conseil supérieur d'enseignement, lequel se compose, savoir :

Du surintendant des Beaux-Arts, président;

Du directeur de l'administration des Beaux-Arts, vice-président ;

De deux peintres,
De deux sculpteurs,
De deux architectes, } nommés par
D'un graveur, le ministre.
Et de cinq autres membres,

Le conseil supérieur choisit son secrétaire parmi les membres du conseil.

Les membres du conseil supérieur de l'enseignement, autres que le surintendant des Beaux-Arts et le directeur de l'administration des Beaux-Arts se renouvellent par tiers, à l'ouverture de l'année scolaire. Les membres sortants peuvent être nommés de nouveau.

Les fonctions du conseil supérieur sont gratuites.

Art. 8. L'École impériale et spéciale des Beaux-Arts est consacrée à l'enseignement de la peinture, de la sculpture, de l'architecture, de la gravure en taille-douce et de la gravure en médailles et pierres fines.

Art. 9. Les cours suivants sont professés par le personnel de l'École :

1º Histoire de l'art et esthétique ;

2º Anatomie;

3º Perspective ;

4º Mathématiques élémentaires ;

5º Géométrie descriptive;

6º Géologie, physique et chimie élémentaires ;

7º Administration et comptabilité, construction et application sur les chantiers.

8º Histoire et archéologie.

5

Art. 10. La faculté de professer temporairement dans les salles de l'École pourra être accordée à une personne étrangère à l'administration, lorsque la matière du cours intéressera l'étude des beaux-arts et que l'utilité de cet enseignement aura été reconnue par le ministre.

Art. 11. Les exercices journaliers prescrits par l'art. 3 du règlement annexé à l'ordonnance du 4 août 1819 sont remplacés par des travaux que les élèves exécutent dans les ateliers.

A cet effet sont attachés à l'École :

Trois ateliers de peinture,

Trois ateliers de sculpture,

Trois ateliers d'architecture,

Un atelier de gravure en taille-douce,

Un atelier de gravure en médailles et pierres fines.

Ces ateliers sont dirigés par des artistes qui ont le titre de professeurs chefs d'atelier, ainsi qu'il est dit à l'art. 2.

Art. 12. Tous les trois mois, le directeur reçoit des professeurs chefs d'atelier un rapport sur les progrès de leurs élèves.

Ces rapports sont communiqués au conseil supérieur.

Le conseil signale au ministre les élèves qui, s'étant distingués, lui paraissent mériter des récompenses ou des encouragements.

Art. 13. Sont obligatoires :

Pour tous les élèves de l'École, les cours d'histoire, d'esthétique et d'archéologie ;

Pour les élèves peintres, sculpteurs et graveurs, les cours d'anatomie et de perspective ; .

Pour les élèves architectes, tous les cours, excepté celui d'anatomie.

CHAPITRE III.

Admission des élèves.

Art. 14. Les jeunes gens qui désirent suivre les cours de l'École devront se faire inscrire au secrétariat, justifier de leur qualité de Français et être âgés de 15 à 25 ans.

Les étrangers pourront, exceptionnellement et avec l'autorisation du ministre, être admis à suivre les cours.

TITRE II.

Des concours aux grands prix de Rome et des lauréats.

Art. 15. Les concours aux grands prix de Rome se font à l'École impériale et spéciale des Beaux-Arts.

Tous les artistes âgés de 15 à 25 ans, qu'ils soient ou non élèves de l'École, peuvent concourir au grand prix de Rome, après avoir réussi dans deux épreuves préalables, pourvu qu'ils soient Français.

A la suite des deux épreuves préalables, dix candidats seront admis pour les prix de peinture, de sculpture, d'architecture, de gravure en taille-douce et de gravure en médailles et pierres fines.

Pour les trois premières sections ci-dessus indiquées, le concours sera annuel ; il n'aura lieu que tous les deux ans pour la 4ᵉ section et tous les trois ans pour la 5ᵉ section.

Art. 16. Le programme des épreuves préparatoires et du concours définitif est réglé par le conseil supérieur d'enseignement institué par l'article 6 ; les résultats des épreuves et du concours sont jugés par un jury composé ainsi qu'il suit :

9 membres pour la section de peinture,

9 membres pour la section de sculpture,

9 membres pour la section d'architecture,

4 membres pour la section de gravure en taille-douce.

5 membres pour la section de gravure en médailles et pierres fines.

Ce jury sera tiré au sort sur une liste qui sera dressée par section et présentée par le conseil supérieur.

Cette liste, après avoir été arrêtée par le ministre, sera insérée au *Moniteur*.

Les jurés de chacune des sections ne jugeront que le concours de la section pour laquelle ils sont désignés.

Art. 17. Il ne sera décerné qu'un prix pour chaque section.

Art. 18. Sont et demeurent applicables aux jeunes gens qui auront remporté les grands prix les dispositions du paragraphe 6 de l'art. 14 de la loi sur le recrutement de l'armée.

Art. 19. A l'avenir, les jeunes gens qui auront obtenu le grand prix dans leur section, et qui seront envoyés à Rome, ne seront pensionnés que pendant quatre années.

Ils resteront à Rome (obligatoirement) deux années au moins ; pour les deux autres années ils pourront, selon leur goût et leurs convenances, les consacrer à des voyages instructifs, en prévenant à l'avance l'administration supérieure de leurs intentions.

Les graveurs en médailles et pierres fines ne jouiront de la pension que pendant trois années, et devront séjourner à Rome deux années au moins.

Art. 20. Le directeur de l'Académie impériale de France à Rome adresse, tous les six mois, un rapport au ministre sur les travaux et sur le degré d'instruction des élèves lauréats..

TITRE III.

Dispositions générales et transitoires.

Art. 21. Des arrêtés ministériels détermineront :

1º Les conditions d'admission des élèves dans les ateliers et à l'École impériale et spéciale des Beaux-Arts, la durée maximum de leur séjour à cette École, l'époque d'ouverture des cours, le nombre des leçons et tous les détails relatifs à l'enseignement ;

2º Les mesures relatives aux études des pensionnaires, à leurs voyages, aux obligations qu'ils ont à remplir et au mode de jugement ou d'appréciation de leurs travaux.

Art. 22. Les jeunes gens actuellement en possession du titre de pensionnaires du Gouvernement conserveront tous leurs droits en ce qui concerne la durée de leur séjour à l'Académie impériale de France à Rome, mais ils seront soumis pour leurs travaux aux dispositions de l'article 21 ci-dessus.

Art. 23. Sont abrogées les dispositions des ordonnances et règlements antérieurs en tant qu'elles sont contraires au présent décret, qui aura son effet à partir du 1er janvier 1864, et dont le ministre de notre Maison et des Beaux-Arts est chargé d'assurer l'exécution.

Ce décret sera inséré au *Bulletin des Lois.*

Fait au palais de Compiègne, le 13 novembre 1863.

NAPOLÉON.

Par l'Empereur :

*Le maréchal de France, ministre
de la Maison de l'Empereur
et des Beaux-Arts,*

VAILLANT.

———

NAPOLÉON,

Par la grâce de Dieu et la volonté nationale, Empereur des Français,

A tous présents et à venir salut :

Vu le décret impérial, en date de ce jour, relatif à l'organisation de l'École impériale et spéciale des Beaux-Arts ;

Sur la proposition du ministre de notre Maison et des Beaux-Arts,

Avons décrété et décrétons ce qui suit :

Art. 1er. M. Robert-Fleury, membre de l'Institut, est nommé, pour cinq années, directeur de l'École impériale et spéciale des Beaux-Arts.

Art. 2. Le ministre de notre Maison et des Beaux-Arts est chargé de l'exécution du présent décret.

Fait au palais de Compiègne, le 13 novembre 1863.

NAPOLÉON.

Par l'Empereur :

*Le maréchal de France ministre
de la Maison de l'Empereur
et des Beaux-Arts,*

VAILLANT.

———

Plusieurs journaux ont annoncé qu'une protestation contre les dispositions du décret du 13 novembre 1863 avait été adressée à S. M. l'Empereur par l'Académie des Beaux-Arts.

Voici le texte de cette protestation :

SIRE,

L'Académie des Beaux-Arts a décidé, par un vote unanime, qu'il serait déposé aux pieds de Votre Majesté une protestation respectueuse contre les atteintes qui viennent d'être portées à son caractère, à ses droits, à ses attributions.

Votre Majesté trouvera dans le mémoire ci-inclus l'exposé des traditions deux fois séculaires des lois organiques de 1795 et de 1796, confirmées et appliquées dans leur sens le plus libéral par le Consulat, par le premier Empire et par la Restauration. C'est sur ces lois que reposent nos droits, toujours respectés jusqu'ici, bien que le rapport annexé au décret du 13 novembre 1863 n'en fasse pas même mention.

Une conséquence non moins grave est de frapper de nullité la plupart des legs et des fondations institués par arrêté ou contrat authentique, approuvés par le conseil d'Etat et dont l'Académie est dépositaire spéciale, par la volonté des testateurs.

Votre Majesté verra enfin quelle perturbation jettent dans les arts et dans l'Ecole française des mesures que l'Académie n'a pu apprendre que par *le Moniteur*.

L'Académie, Sire, a remarqué avec un profond étonnement qu'elle n'était même pas nommée dans le rapport qui a provoqué le décret du 13 novembre. Aussi est-elle convaincue que, si l'Empereur avait vu le nom de l'Académie, que si on lui avait révélé la portée des coups qui la frappaient, que si on lui avait montré les lois et les statuts qui la régissent, l'Empereur aurait fait respecter un corps illustre dont il est, selon l'article 2 de l'ordonnance de 1816, le *Protecteur direct et spécial*.

C'est pourquoi nous avons le ferme espoir que Votre Majesté, après avoir pris connaissance du mémoire ci-joint, reconnaîtra la légitimité de nos réclamations, et nous en appelons à la fois à la bienveillance de Votre Majesté et à sa justice.

Nous sommes, Sire, avec le plus profond respect,

De Votre Majesté

Les dévoués sujets.

Mémoire adressé à l'Empereur par l'Académie des Beaux-Arts et voté à l'unanimité.

SIRE,

L'Académie des Beaux-Arts a été fondée pour maintenir les principes, les doctrines et l'excellence de l'art français. Son action s'est exercée par des moyens divers, mais concourant tous au même but : par l'enseignement de ses membres et leurs beaux exemples, par les concours des grands prix de Rome, par la direction des études de la villa Médicis, par le jugement public des travaux des pensionnaires, par le patronage qu'elle leur accordait à leur retour à Paris, enfin par des élections qui récompensaient à la fois le talent original et le talent qui, fidèle aux traditions, se montrait capable de les transmettre à son tour.

Rien ne secondait mieux une influence aussi salutaire que cette généreuse et célèbre institution que toute l'Europe nous envie, dont Nicolas Poussin et Lebrun ont eu la première idée, dont Louis XIV et Colbert ont eu l'honneur, l'École de Rome. Si, depuis deux siècles, l'art français n'a pas cessé d'être fécond, d'être noblement représenté aux époques les plus diverses, de tendre vers le spiritualisme, de tenir le premier rang en Europe, de l'aveu même de ses rivaux, il le doit à l'École de Rome, d'où sont sortis la plupart de nos grands artistes et de nos professeurs éminents ; il le doit surtout à l'union de l'École de Rome et de l'Académie des Beaux-Arts.

Cette union, qui a présidé à la naissance même de l'École de Rome, tous les gouvernements ont senti la nécessité de la consacrer, et c'est ici le lieu, Sire, de citer à Votre Majesté les documents vénérables et les lois plus récentes par lesquels sont établis les droits de l'Académie des Beaux-Arts.

Les prix de Rome furent institués avant que l'École même fût créée. En 1664, le roi Louis XIV voulut que l'Académie de peinture et de sculpture (tel était alors notre nom) désignât, après un concours, les artistes les plus dignes d'obtenir une pension et de résider à Rome. Colbert fut chargé de distribuer les prix ; cette distribution, il la fit dans le sein même de l'Académie. Voici le procès-verbal, en date du 10 septembre 1664, extrait de nos registres :

« Aujourd'hui, l'Académie étant assemblée extraordinairement, Monseigneur Colbert, vice-protecteur, l'a honorée de sa présence, et, après avoir entendu le rapport de la Compagnie sur le jugement des tableaux et bas-reliefs présentés pour le prix que le roi a ordonné à l'Académie, a prononcé en confirmant lesdits avis et a donné, de la part du roi, les prix, en promettant que le roi donnera pension pour aller à Rome, quand l'Académie le jugera à propos. »

Deux ans plus tard, l'École de Rome est fondée en permanence par un édit royal, et Errard, membre de l'Académie, en est nommé directeur. Nos registres relatent, à cette occasion, la séance du 6 mars 1666.

« Aujourd'hui, l'Académie étant assemblée à l'ordinaire, M. Errard a présenté à la Compagnie les artistes choisis par l'Académie pour aller à Rome. Lesquels, prenant congé de l'Académie, lui ont rendu leurs très-humbles remercîments et ont protesté de se soumettre religieusement aux statuts faits par ordre du roi. Sur quoi l'Académie a exhorté les susnommés de rendre tous les respects et observances qui sont dus à M. Errard, lequel le roi a choisi pour les diriger, et, afin que personne ne puisse prétendre de prendre part auxdites grâces de Sa Majesté que par le moyen des prix qui sont à distribuer tous les ans à l'Académie, a été arrêté que le nom des douze, tant peintres que sculpteurs et architectes retenus pour ladite École de Rome, seront enregistrés dans le présent registre, en marquant les prix qu'ils ont remportés à l'Académie. »

Telle fut, dans sa belle simplicité, cette fondation qui devait exercer une influence si remarquable sur les destinées de l'art français. Elle eut pour berceau l'Académie, qui a reçu et a gardé jusqu'à ce jour la mission de la protéger et de la diriger. Pendant cent vingt-sept ans, l'École de Rome fut prospère et glorieuse ; elle ne succomba même pas à la tourmente révolutionnaire, quand les Français furent obligés de quitter Rome en 1793, car elle était devenue une institution populaire, vraiment nationale, un sujet d'orgueil pour la mère-patrie ; fille des Rois, elle était adoptée par la République. Le 1er juillet 1793, la Convention rendait un décret pour assurer la distribution des grands prix et promettre aux lauréats une pension de 2,400 francs, qui leur serait payée pendant cinq années. L'Académie de peinture et de sculpture devait continuer à décerner ces grands prix.

Quelques semaines plus tard, toutes les Académies étaient supprimées, pour être rétablies sous la grande forme de l'Institut national. Comme l'Institut réunissait toutes les attributions des anciennes Académies, l'École de Rome fut jugée inséparable de l'Institut. Notre loi organique du 3 brumaire an IV (25 octobre 1795) est ainsi conçue (titre V, article 5) :

Loi organique du 3 brumaire.

V.

Le palais national à Rome, destiné jusqu'ici à des élèves français de peinture, sculpture et architecture, conservera cette destination.

VI.

Cet établissement sera dirigé par un peintre français ayant séjourné en Italie, lequel sera nommé par le Directoire exécutif, pour six ans.

VII.

Les artistes français désignés à cet effet par l'Institut, et nommés par le Directoire exécutif, seront envoyés à Rome. Ils y résideront cinq ans dans le palais national, où ils seront logés et nourris aux frais de la république, comme par le passé.

La loi du 15 germinal an IV (4 avril 1796), qui octroyait à l'Institut ses règlements, précisa la manière dont les grands prix de Rome devaient être décernés (titre XXX).

Loi du 15 germinal.

XXX.

Les trois sections réunies de peinture, de sculpture et d'architecture choisiront au concours les artistes qui, conformément à la loi du 3 brumaire sur l'instruction publique, seront désignés par l'Institut pour être envoyés à Rome.

Lorsque sept ans plus tard, par l'arrêté du 3 pluviôse an XI (22 janv. 1803), l'Institut fut divisé en quatre classes qui correspondaient aux anciennes Académies, les articles de loi qui viennent d'être cités, loin d'être abrogés par le Premier Consul, furent confirmés et étendus par l'article 13 de l'organisation nouvelle; car la classe des Beaux-Arts, au lieu de décerner trois prix, eut le droit d'en distribuer quatre et bientôt cinq.

Arrêté du 3 pluviôse.

XIII.

Tous les ans, les classes distribueront des prix, dont le nombre et la valeur sont réglés ainsi qu'il suit :

La première classe un prix de 3,000 francs.

La seconde et troisième classe, chacune un prix de 1,500 francs ;

La quatrième classe (celle des Beaux-Arts) des grands prix de peinture, de sculpture, d'architecture et de composition musicale. Ceux qui auront remporté un de ces quatre grands prix seront envoyés à Rome et entretenus aux frais du gouvernement.

Ainsi le Premier Consul augmentait l'importance de l'École de Rome, ses priviléges, le nombre de ses pensionnaires. Il avait même promis à l'Académie d'instituer un prix de gravure, et comme ce prix avait été omis dans l'arrêté de pluviôse, la classe des Beaux-Arts réclama. Aussitôt Chaptal, ministre de l'intérieur, lui fit la réponse suivante :

4ᵉ jour complémentaire an xi.

« J'ai reçu, citoyen secrétaire, la lettre par laquelle vous me faites part des représentations adressées au Premier Consul par la classe des beaux-arts, relativement à l'omission du grand prix de gravure qui a été faite dans l'arrêté du 3 pluviôse an xi. Je vous annonce avec plaisir que le Premier Consul a bien voulu accueillir favorablement la demande de la classe des beaux-arts en accordant un grand prix de gravure, et j'approuve, citoyen secrétaire, le règlement que vous m'avez transmis pour le concours du grand prix de cet art, et pour diriger les travaux des artistes qui, l'ayant obtenu, seront envoyés à l'École française des Beaux-Arts à Rome. »

CHAPTAL. »

Quelques mois plus tard, le même ministre annonçait que les anciens usages de l'École de Rome étaient remis en vigueur, et que le Premier Consul voulait que les pensionnaires soumissent leurs travaux à la direction et au jugement de l'Académie, comme ils le faisaient autrefois à l'Académie de peinture et de sculpture.

Au secrétaire perpétuel de la classe des beaux-arts de l'Institut national.

29 messidor, an xii.

« Conformément à la proposition que vous m'en avez faite, j'ai pris, monsieur, un arrêté par lequel les peintres, sculpteurs ou architectes pensionnaires de l'École de Rome seront tenus à envoyer tous les ans à la classe des beaux-arts de l'Institut les études et les ouvrages qu'ils étaient obligés autrefois de soumettre à l'Académie de peinture et de sculpture et à celle d'architecture. Je vous envoie cet arrêté, etc., etc.

CHAPTAL. »

Ainsi les statuts organiques qui conféraient le jugement des grands prix et la tutelle morale de l'école de Rome, d'abord à la section, puis à la classe des beaux-arts de l'Institut, n'ont jamais cessé d'être en vigueur. Aucune loi ne les a abrogés, aucun décret ne les a contestés, aucune mesure exceptionnelle ne les a suspendus, depuis que l'Institut est fondé. L'Empereur Napoléon Iᵉʳ, loin de restreindre les priviléges d'un corps auquel il était fier d'appartenir, les a accrus sans cesse, et la création des prix décennaux montre de quels moyens d'impulsion, de quels puissants encouragements il dotait cette aristocratie élective qui lui paraissait le plus digne couronnement d'une civilisation. L'Académie des Beaux-Arts n'a usé de sa part de crédit que pour attirer sur les jeunes talents dont la direction lui était confiée les faveurs du Gouvernement impérial. Une des plus mémorables qu'elle ait obtenues, à cette époque surtout, où la guerre avait de cruelles exigences, c'était l'exemption du service militaire pour ceux qu remportaient les seconds prix de Rome, et qui pouvaient dès lors continuer leurs études jusqu'à ce qu'ils devinssent capables de remporter les premiers grands prix. Nous possédons dans nos archives les lettres de deux ministres de l'Empereur, Cretet et le comte de Cessac, qui attestent cette vigilante intervention de l'Académie et le succès de ses démarches. D'autres papiers officiels prouvent combien l'Empereur Napoléon Ier imposait à son administration de respect pour les droits de l'Académie, sans cesse étendus, de déférence pour ses avis, souvent demandés.

Depuis le premier Empire rien n'a été changé dans nos statuts. Lorsque l'ordonnance royale du 21 mars 1816 rendit aux Académies leurs noms primitifs, les attributions de l'Académie des Beaux-Arts restèrent les mêmes; aucune loi n'a été proposée pour les modifier; la révolution de 1830 et celle de 1848 ne leur ont porté aucune atteinte, de sorte que l'Académie peut dire que, depuis 1664 jusqu'en 1863, c'est-à-dire pendant deux siècles tout à l'heure révolus, elle a rempli fidèlement le devoir qui lui était imposé. Elle a sans cesse dirigé, fortifié, agrandi, élevé cette École de Rome qui est devenue un des plus fermes soutiens de l'art français.

Cependant, Sire, ces traditions que leur seule durée suffirait à rendre glorieuses, ces lois par lesquelles les droits de l'Académie des Beaux-Arts sont fondés, ces décrets qui non-seulement respectent les lois mais qui les appliquent dans leur sens le plus libéral, se trouveront subitement abrogés par le décret du 13 novembre 1863 ; — le jugement des concours sera ôté à l'Académie ; — les grands prix cesseront de s'appeler les *prix de l'Académie*, pour devenir des prix de l'École des Beaux-Arts et dépendre de l'administration ; — les règlements de l'École de Rome, ce volume rédigé par les plus grands maîtres, consacré par un demi-siècle de triomphes, seront rejetés ; — l'École de Rome elle-même sera irréparablement séparée ; — ses travaux et ses œuvres ne seront plus soumis à l'Académie, qui encourageait les pensionnaires par ses éloges ou les redressait par ses conseils ; — enfin la séance solennelle de l'Académie perdra son utilité et tout son lustre, puisque les lauréats ne viendront plus y chercher ces couronnes dont l'Institut rehaussait l'éclat, puisque les envois des artistes qui habitent la villa Médicis ne seront plus signalés par un rapport détaillé aux applaudissements du public. Votre Majesté voit bien que le décret retire à l'Académie la source de son activité, sa vie morale, et pour ainsi dire sa raison d'être.

Une conséquence non moins grave c'est que la plupart des fondations et des legs dont l'Académie est dépositaire seront annulés du même coup ou resteront sans objet. En général, ces fondations étaient destinées à soutenir dans leurs études et à affranchir des souffrances de la pauvreté les jeunes gens qui concouraient pour les prix de Rome.

Ainsi, madame Leprince a légué 3,000 fr. de rente perpétuelle pour être partagés chaque année entre ceux qui remportent les grands prix : comment l'Académie distribuera-t-elle ces sommes selon sa conscience, si les grands prix, décernés désormais par un jury d'artistes et d'amateurs tirés au sort, ne lui paraissent pas être échus aux concurrents qui méritaient de les obtenir ?

Ainsi M. le Baron de Trémont a fondé deux prix d'encouragement de mille francs chacun, et il a inséré dans son testament la clause suivante : « Je désire que les seconds prix appellent principalement l'attention de l'Académie. »

Ainsi le prix Achille Leclère n'a été institué qu'à la condition « que la somme de mille francs serait affectée exclusivement chaque année à récompenser l'élève architecte qui aura obtenu dans les concours annuels ouverts par l'Académie des Beaux-Arts le second grand prix d'architecture. » Comment satisfaire à cette condition, puisque l'Académie n'ouvre plus les concours, et puisque le second prix d'architecture est supprimé ?

Les donateurs ou leurs héritiers auront donc le droit de reprendre à l'Académie des sommes qui ne peuvent plus être réparties conformément aux intentions des bienfaiteurs. L'on ne sait ce qui est le plus triste, ou de voir détruire par l'État des contrats qui semblaient perpétuels entre les morts et une Académie qu'on dit immortelle, ou de voir priver le talent jeune, pauvre, méritant, des secours qui lui étaient si noblement offerts.

Ces malheurs, Sire, car ce sont de véritables malheurs pour les arts, étaient faciles à prévenir si l'Académie avait été consultée ou même avertie. Mais elle n'a connu que par *le Moniteur* le décret qui transmettait ses attributions à l'École et au ministère des Beaux-Arts. Aucun renseignement n'a été demandé, aucune commission n'a été assemblée, même en dehors de l'Institut, pour préparer de semblables réformes. Le rapport qui a provoqué le décret du 13 novembre paraît même avoir évité soigneusement de prononcer le nom de l'Académie, comme si l'on avait craint de rappeler à Votre Majesté, par ce nom seul, quels services nous avons fidèlement rendus au pays, quelle protection spéciale et directe Votre Majesté veut bien nous accorder.

Enfin, Sire, ce n'a pas été un moindre sujet d'étonnement pour l'Académie d'apprendre que le ministre de qui elle relève dans l'ordre administratif, le ministre de l'instruction publique, était resté tout à fait étranger à une mesure qui dépouille une des classes de l'Institut des droits que la loi lui confère. C'est le ministre de Votre Maison et des Beaux-Arts, lequel n'a rien de commun, à ce titre, avec l'Institut, qui viole nos lois (à son insu, nous en avons la conviction), déchire nos règlements, confisque nos attributions, tandis que le ministre de l'instruction publique, à qui Votre Majesté a confié la défense de nos intérêts, n'a point été appelé par son collègue ; il a ignoré jusqu'au jour de sa publication, et n'a point contre-signé un décret qui atteint si gravement une des grandes institutions dont il a la garde. Il y a là, même dans l'ordre légal, un fait qui exige que nous ayons recours à vous, Sire, et que nous invoquions non pas seulement la bienveillance de Votre Majesté, mais sa protection et sa justice.

C'est pourquoi, Sire, nous supplions Votre Majesté de soumettre le décret du 13 novembre à un nouvel examen, et de suspendre l'application des titres II, III et du chapitre III du titre Ier, jusqu'à ce que ces titres aient été mis d'accord avec les lois antérieures et les droits séculaires de l'Académie.

(Extrait des registres de nos délibérations et adopté à l'unanimité.)

Certifié conforme : *Le Secrétaire perpétuel,*

BEULÉ.

Voici la réponse du ministre de la Maison de l'Empereur et des Beaux-Arts :

SIRE,

M. le secrétaire perpétuel de l'Académie des Beaux-Arts a fait parvenir à Votre Majesté une protestation respectueuse contre les dispositions du décret du 13 novembre 1863.

Cette protestation, qui a été remise à l'Empereur sous forme d'un extrait du registre des délibérations de l'Académie des Beaux-Arts, ne mentionne pas les noms des membres qui l'ont signée. Sans m'arrêter à une omission qu'il est difficile d'expliquer dans un document qui veut être officiel et qui est adressé au Souverain, j'aborde la discussion des arguments qui y sont contenus.

Le Gouvernement de l'Empereur a-t-il, dans cette circonstance, excédé ses pouvoirs ? C'est la première question que je vais traiter. Sans remonter aux actes antérieurs à 1789, qui n'ont aujourd'hui qu'une valeur historique, c'est dans le titre IV de la loi du 3 brumaire an IV (25 octobre 1795) sur l'instruc-. tion publique, et dans la loi du 15 germinal an IV (14 avril 1796), qu'on trouve la première organisation de l'Institut ; cette organisation ayant été établie par une loi, une loi seule, dit-on, peut la modifier. C'est là une double erreur et au point de vue légal et au point de vue historique. Les pouvoirs qu'exerçait la Convention, ceux que les deux conseils tenaient de la Constitution de l'an III n'étaient pas purement législatifs. Ils embrassaient d'une manière presque absolue sous la Convention, moins étendue sous le Directoire, le domaine du pouvoir exécutif. Aussi a-t-on toujours distingué dans les lois de ces deux époques entre les dispositions qui sont de l'essence du pouvoir législatif et celles qui n'ont qu'un caractère administratif ou même réglementaire.

La loi du 15 germinal an IV, sur laquelle on se fonde et à laquelle on donne le titre de loi organique, est un exemple frappant à l'appui de cette distinction ; elle n'est pas autre chose qu'un règlement ; le titre qu'elle porte, le préambule qui la précède ne la qualifient pas autrement.

La constitution de l'an VIII fit subir à cette distribution des pouvoirs les changements profonds qui devaient nécessairement différencier un régime monarchique d'un régime républicain : le chef du pouvoir exécutif fut investi sans restrictions de tous les pouvoirs administratifs que les assemblées délibérantes avaient jusque-là concentrés entre leurs mains ; et, en conséquence, il put modifier et il modifia dans leurs dispositions réglementaires, et sans intervention de la puissance législative, les lois rendues antérieurement. C'est ainsi qu'un arrêté du Premier Consul, en date du 3 pluviôse an XI, remania de fond en comble l'organisation de l'Institut, le nombre des classes, celui des sections, le nom des associés, le mode des élections, etc. Pour ne parler que de la question qui a donné lieu aux réclamations de l'Académie des Beaux-Arts, l'article 13 de l'arrêté consulaire de l'an XI modifia les lois de l'an IV sur le prix et sur l'École de Rome, et il y a lieu de remarquer que, si les objections que l'Académie des Beaux-Arts élève contre la légalité du dernier décret étaient fondées, elles s'appliqueraient tout aussi bien au décret de l'an XI, duquel l'Académie tient son existence comme classe séparée.

Le gouvernement de la Restauration a appliqué les mêmes principes en changeant l'organisation de l'Institut, et l'ordonnance du 21 mars 1816 a apporté au régime antérieur des modifications qui ont atteint non-seulement les choses, mais les personnes. Sous le gouvernement de Juillet, l'ancienne classe de l'Académie des sciences morales et politiques a été rétablie par une ordonnance du 26 octobre 1832. Enfin, un décret impérial du 14 avril 1855, rendu par Votre Majesté, a créé à l'Académie des sciences morales et politiques une section nouvelle sous le titre de *politique, administration, finances.*

Des explications qui précèdent il ressort surabondamment qu'en sanctionnant les mesures contre lesquelles proteste l'Académie des Beaux-Arts, le Gouvernement de l'Empereur a agi dans le plein et légitime exercice de son autorité; et, je le demande à toute personne de bonne foi, où sont les violations du droit, où sont les illégalités qui ont excité l'indignation de M. le secrétaire perpétuel ?

Reste maintenant à examiner si le Gouvernement de Votre Majesté a, comme voudrait le faire supposer la protestation, agi légèrement ou par surprise en proposant les réformes contenues dans le décret du 13 novembre. L'Académie « a remarqué avec étonnement qu'elle n'était pas nommée dans le rapport qui a provoqué le décret. » Elle aurait pu apprécier les motifs de cette réserve. La classe des beaux-arts à l'Institut fait partie d'une compagnie composée d'hommes éminents, justement honorés dans toute l'Europe, et que le décret du 13 novembre ne prétend nullement affaiblir. Le décret met en cause l'enseignement, non l'Académie ; celle-ci, par des dispositions antérieures que le décret supprime, était instituée directrice suprême et sans contrôle de cet enseignement ; le Gouvernement de Votre Majesté, reconnaissant les inconvénients et les dangers de cet état de choses, use du droit que lui donne sa responsabilité en modifiant l'organisation de cet enseigement, mais il n'a pas prétendu faire peser sur l'Académie une censure ou un blâme. Je rendrai même cet hommage à l'Académie, que, l'organisation ancienne étant admise, il était impossible d'en tirer plus d'avantages, et le rapport qui a motivé le décret n'a prétendu établir qu'un fait : c'est que cette organisation n'était plus en rapport avec le temps où nous vivons, ni avec l'esprit libéral du Gouvernement de l'Empereur, ni avec l'étendue et la nature des connaissances que réclame le mouvement des arts en Europe.

Prétendre que des lois ou règlements établis sous le règne de Louis XIV ne sont pas susceptibles de profondes modifications, c'est montrer, aux yeux de tous, la faiblesse même des motifs sur lesquels s'appuie la protestation rédigée par M. le secrétaire perpétuel de l'Académie ; c'est prouver qu'une compagnie qui conserve de pareilles illusions ne saurait être consultée lorsqu'il s'agit d'établir un système d'encouragement en rapport avec notre siècle.

D'ailleurs si mon administration n'a pas consulté l'Académie des Beaux-Arts lorsque l'étude dont ces réformes ont été l'objet m'a été présentée, l'Académie ne doit s'en prendre qu'à elle-même. Rappelons le passé. A la date du 26 janvier 1831, le ministre de l'intérieur, M. le comte de Montalivet, avait pris un arrêté par lequel il était formé une commission chargée de faire un rapport sur les *modifications qui pourraient être apportées aux règlements* de l'École des Beaux-Arts et de l'Académie de France à Rome. Cette commission était composée :

Pour la peinture :

De MM. Gérard, membre de l'Institut.
Gros, membre de l'Institut.
Guérin, membre de l'Institut.
Ingres, membre de l'Institut.
Hersent, membre de l'Institut.
Schnetz.
Delaroche.
Delacroix.
Léon Coignet.
A. Scheffer.

Pour la sculpture :

David, membre de l'Institut.
Cartellier, membre de l'Institut.
Pradier, membre de l'Institut.
Lemaire.
Nanteuil.

Pour la gravure :

Desnoyers, membre de l'Institut.
Massard.

Pour l'architecture :

Huyot, membre de l'Institut.
Percier, membre de l'Institut.
Fontaine, membre de l'Institut.
Allavoine.
Duban.
Blouet.
Caristie.
Lesueur.

Pour la musique :

Chérubini, membre de l'Institut.
Boïeldieu, membre de l'Institut.

MM. Quatremère de Quincy, Edouard Bertin et Mérimée père, étaient également désignés pour faire partie de cette commission.

Le 31 janvier 1831, le président de l'Académie des Beaux-Arts répondait au ministre que la 4ᵉ classe de l'Institut pensait avoir seule le droit de *proposer tous les projets d'amélioration dont l'étude des arts est susceptible.* Sans se décourager par cette fin de non-recevoir, le ministre, à la date du 4 février 1831, écrivait de nouveau au président de la classe des Beaux-Arts, qu'il ne prétendait point confier à cette commission le soin d'opérer des changements et modifications dans les règlements de l'École, mais simplement la consulter.

Cette lettre se terminait ainsi : « L'Académie, d'ailleurs, reconnaît elle-même que le mouvement des arts et des idées qui s'y rattachent a rendu nécessaires des modifications relatives aux progrès des études et aux effets d'une émulation plus étendue. En de telles circonstances il était du devoir du Gouvernement de chercher de bonne foi tous les moyens d'amélioration qui pouvaient lui être suggérés ; il a désiré que toutes les opinions fussent produites au grand jour ; il a voulu qu'il ne lui manquât aucun des renseignements propres à éclairer sa justice. Si plusieurs membres de l'Institut ont été appelés dans le sein de la commission, c'est donc à titre d'*artistes et non point comme membres de l'Institut.*

« Telle sont, monsieur le président, les conditions qui m'ont guidé dans la création et dans la composition de cette commission. Il n'a jamais pu entrer dans ma pensée de contester à l'Académie *le soin* qui lui est attribué de *proposer tous les projets d'amélioration dont l'étude des arts est susceptible,* mais assurément un tel soin ne saurait lui appartenir exclusivement ; et, tout en respectant tous les droits de l'Académie, entièrement distincts de ceux du ministre, j'ai dû trouver juste et convenable d'appeler à moi tous les conseils qui pouvaient m'éclairer dans cette grave question. »

Le 11 août 1832, c'est-à-dire seize mois après cette lettre ministérielle, le président de l'Académie des Beaux-Arts répondait, au nom de la compagnie, par un mémoire dans lequel il représente au ministre que le corps tout entier reconnaissait, après un long examen, « qu'au contraire, les succès et les progrès dont la France s'enorgueillit tiennent à ce principe d'unité et de continuité qui, dès l'origine jusqu'à nos jours, a réuni en une seule l'institution de l'École et celle de l'Académie, c'est-à-dire dans un seul et même cercle, et sous une direction constante, les mêmes maîtres, soit l'enseignement supérieur des arts du dessin, soit le système de rapports qui doivent les unir, soit la surveillance des études à l'Académie de Rome, soit les encouragements des talents par des prix divers, par les choix qui entrent dans ses attributions et par les nominations ou présentations qui lui sont dévolues... »

Ce mémoire concluait à ce qu'il ne fût rien modifié à l'organisation existante et surtout à ne pas admettre que l'étude d'une nouvelle organisation fût confiée à d'autres artistes qu'à des membres de la 4e classe de l'Institut. A l'appui de ce manifeste, et afin de paralyser entièrement l'action du ministre, la lettre suivante, signée par tous les membres de l'Académie désignés pour faire partie de la commission instituée par arrêté ministériel, était adressée au ministre :

« Monsieur le ministre,

« Les soussignés ayant concouru à la délibération exprimée dans la lettre que l'Académie vient de vous adresser pour réclamer l'exercice de ses droits dans la révision de ses règlements et du régime des arts, il leur serait impossible, sans manquer à leurs devoirs envers le corps dont ils font partie, de coopérer partiellement dans la commission où vous les avez appelés à des délibérations sur des questions dont l'examen semble devoir appartenir à l'Académie entière. »

Il ne m'appartient pas aujourd'hui de rechercher les motifs qui engagèrent le ministre de l'intérieur à ne pas poursuivre le projet de réforme introduit par un arrêté. L'Académie resta maîtresse de l'enseignement, mais il est à remarquer que tous les membres de la commission désignée par le ministre, et qui, en 1831, ne faisaient pas partie de l'Académie, sauf un, furent, quelques années après, jugés dignes par la compagnie d'entrer dans son sein. Je ne fais cette observation que pour constater l'intelligence du choix de l'administration et combien peu la 4ᵉ classe était fondée à récuser le concours des artistes désignés par l'arrêté ministériel du 26 janvier 1831.

Ces projets de réforme étaient-ils fondés?

Dès le 19 pluviôse an x, un rapport présenté au ministre de l'intérieur afin de charger une commission de 15 artistes de présenter un projet de règlement pour l'organisation définitive de l'École de peinture, et comprenant en effet cinq peintres, cinq sculpteurs et cinq architectes, se termine par ce passage : « Le ministre remarquera que si l'on n'a point mis David au nombre des commissaires, c'est qu'il s'est prononcé publiquement contre l'*École ou Académie de peinture;* il pense que les écoles des beaux-arts sont inutiles, que son atelier est la meilleure école. »

Dans un projet d'organisation d'une école nationale d'architecture présenté par M. Vaudoyer, architecte, le 24 pluviôse an xi, on lit ces passages :

« On ne sçaurait trouver trop de *six professeurs* à l'architecture..... Ces six professeurs diviseront entre eux l'instruction en six classes.

« 1ʳᵉ *classe.* Eléments, comparaison des monuments entre eux et aux principes de composition; application desdits principes développés sur les projets rendus par les élèves.....

« 2ᵉ *classe.* Historique de l'architecture des différents peuples, recherches sur la beauté et proportion des monuments antiques; étude des auteurs anciens et grande composition.....

3ᵉ *classe.* Construction; étude des différents genres de construction des différentes nations, de celuy particulier des anciens, de leurs méthodes et de leurs matériaux comparés aux nôtres; expériences en nature et démonstration sur les monuments mêmes.....

4ᵉ *classe.* Perspective; développement des proportions des monuments d'architecture sous divers points de vue de perspective; méthode simple et abrégée de se rendre compte par la perspective de ses différentes compositions et leçons pratiques aux élèves qui opéreront, pendant ce cours, sous la direction du professeur dans des salles disposées à cet effet.....

5ᵉ *classe.* Mathématiques; application des mathématiques à l'art de bâtir, à celui de lever des plans par la trigonométrie.....

6ᵉ *classe.* Stéréotomie, etc..... »

Cependant, que's étaient les cours inscrits au tableau de l'École des Beaux-Arts (section d'architecture) avant le décret du 13 novembre? 1º un cours de mathématiques, de géométrie et de perspective; 2º un cours de construction; 3º un cours d'histoire de l'architecture; 4º un cours de théorie : ce dernier n'était pas fait depuis nombre d'années. Dans le même projet, dressé par

M. Vaudoyer, et qui servit de base à la réorganisation de l'École des Beaux-Arts, on lit encore ce paragraphe :

« Les jeunes architectes, au contraire, excellent dans la théorie et dans le dessin, et reviennent souvent de Rome *sans avoir la moindre notion des constructions. Le gouvernement ou les particuliers qui les emploient les premiers payent souvent très-cher leurs premières écoles en ce genre. »

Donc, à cette époque déjà, quelques-uns des inconvénients attachés au système actuel d'enseignement et mis en évidence dans le rapport de M. le surintendant des Beaux-Arts, étaient signalés par un des membres les plus justement autorisés de l'Académie des Beaux-Arts. Celui-ci réclamait l'ouverture de *six classes* pour les architectes, et un enseignement étendu, soit comme histoire de l'art, soit comme pratique. Si ces besoins se faisaient sentir en l'an xi de la république, sont-ils moins impérieux aujourd'hui ?

Dans sa lettre du 4 février 1831 à M. le président de l'Académie des Beaux-Arts, le ministre de l'intérieur disait : « Des réclamations puissantes m'ont été adressées par un grand nombre d'artistes, et, vous le savez, des désordres graves ont éclaté, dont la *cause véritable est dans ce besoin de réformes* qui se manifeste de toutes parts..... »

Ainsi donc, depuis la réorganisation de l'École des Beaux-Arts, sous le Consulat, et même avant cette réorganisation, un système d'enseignement libéral, susceptible de progrès et de modifications, était demandé ; l'Académie cependant est restée sourde à ces demandes, soit qu'elles vinssent de ses membres mêmes, soit qu'elles partissent de l'administration.

Mais que Votre Majesté me permette de placer sous ses yeux la lettre d'un artiste justement célèbre, et dont le caractère comme les œuvres ont une valeur incontestable. Le 23 novembre 1816, Géricault écrivait de Rome : « L'Italie est admirable à connaître, mais il ne faut pas y passer tant de temps qu'on veut le dire ; une année bien employée me paraît suffisante, et les cinq années que l'on accorde aux pensionnaires leur sont plus nuisibles qu'utiles, en ce qu'ils prolongent leurs études dans un temps où il serait plus convenable de faire des ouvrages ; ils s'accoutument ainsi à vivre de l'argent du Gouvernement, et passent dans le repos et la sécurité les plus belles années de leur vie. Ils sortent de là ayant perdu leur énergie et ne sachant plus faire d'efforts. Ils terminent comme des hommes ordinaires une existence dont le commencement avait fait espérer beaucoup.

« C'est enterrer les arts au lieu d'aider à leur accroissement, et dans le principe, l'institution de l'Ecole de Rome n'a pu être ce qu'elle est aujourd'hui. Aussi beaucoup y vont, peu en reviennent. Les vrais encouragements qui conviendraient à tous ces jeunes gens habiles seraient des tableaux à faire pour leur pays, des fresques, des monuments à orner, des couronnes et des récompenses pécuniaires, mais non pas une cuisine bourgeoise pendant cinq années qui engraisse leur corps et anéantit leur âme.

« Je ne confie ces réflexions qu'à vous, M......, en vous assurant de leur justesse et en vous priant de ne les point communiquer. »

En effet, si un ministre de l'intérieur reculait devant l'exécution d'un projet de réformes de l'École des Beaux-Arts, projet dont il concevait cependant la nécessité, l'urgence même, un jeune artiste isolé était assez fondé à redouter, pour son avenir, les conséquences d'une indiscrétion livrant à la publicité ses idées de réformes. Cette pression exercée par l'Académie des Beaux-Arts sur l'administration, sur l'enseignement des arts et l'avenir des artistes, est-elle compatible avec les idées larges et libérales du Gouvernement de l'Empereur ?

Le Décret du 13 novembre détruit le monopole d'enseignement et de distribution de récompenses laissé trop longtemps entre les mains d'une compagnie se recrutant elle-même, n'ayant aucune responsabilité et ne croyant devoir compte à personne de la direction qu'elle donne aux études ou de leur affaissement. L'Académie des Beaux-Arts réclame pour le maintien du monopole qui lui était attribué, cela est naturel ; mais l'intérêt des arts doit passer avant les priviléges plus ou moins bien établis d'une compagnie. Or, l'expérience d'un demi-siècle, les demandes de réformes sans cesse repoussées, l'état même de l'enseignement des arts à l'École, notoirement insuffisant, font assez connaître que les intérêts de l'Académie et ceux de l'enseignement étaient incompatibles et ne devaient pas être plus longtemps confondus.

L'Institut n'est pas un corps enseignant. L'Académie française ne dirige pas l'Université ; elle s'y recrute souvent, mais elle n'a pas la main sur l'enseignement. L'Académie des sciences ne dirige pas plus les écoles spéciales que l'Académie des inscriptions ne dirige l'École normale ou celle des Chartes. L'enseignement, en France, appartient à l'État et non à un corps, si respectable qu'il soit. Il serait peut-être à souhaiter que l'initiative des particuliers pût constituer en France, comme cela se pratique dans un pays voisin, des compagnies indépendantes, ayant leurs franchises, ne relevant que d'elles-mêmes et vivant toutes sous la protection égale de la loi. Mais est-ce le cas de l'Académie des Beaux-Arts ? Est-ce à l'aide de ressources recueillies librement chez les particuliers que l'Académie des Beaux-Arts ouvre une école, donne des récompenses ? Non, l'Académie des Beaux-Arts est subventionnée par l'État, ou plutôt elle prétend seule, à tout jamais, diriger un enseignement subventionné par l'État, dont celui-ci est responsable.

Dès lors, toute concurrence à cette compagnie est impossible ; si elle se refuse au progrès, il n'y a qu'un seul moyen laissé à l'État, c'est d'accomplir ce progrès à côté de cette compagnie et même, au besoin, malgré ses réclamations. Ce ne sera pas un des moindres titres à la reconnaissance de la postérité pour le Gouvernement de Votre Majesté d'avoir accompli, après mûre réflexion et après une étude sérieuse de cette grave question, une réforme essayée vainement plusieurs fois depuis le commencement du siècle et désirée ardemment par toutes les personnes qui s'intéressent au développement des arts en France.

Sur quoi portent d'ailleurs les réclamations qui ont été soumises à Votre Majesté ? Si on laisse de côté les éloges que la 4ᵉ classe de l'Académie n'épargne pas à l'institution, éloges qu'il ne convient pas de discuter, et le tableau brillant qu'elle fait de ses origines et de ses priviléges, ces réclamations peuvent se résumer en cette phrase de sa lettre : « Votre Majesté voit bien que le décret retire à l'Académie la source de son activité, sa vie morale, et,

6

pour ainsi dire, sa raison d'être. » Ne peut-on répondre à ce cri suprême L'Académie française, celles des inscriptions, des sciences morales, des sciences, ne dirigent aucune école, et cependant elles vivent, font preuve d'activité et occupent non-seulement la France, mais l'Europe de leurs remarquables travaux.

L'Académie des Beaux-Arts ne peut-elle, comme ses sœurs, devenir un foyer d'activité intellectuelle et fournir aux artistes des sujets d'émulation ? N'est-elle pas assurée que le Gouvernement de Votre Majesté lui donnera, autant qu'il dépendra de lui, les moyens de développer l'étude des arts et de récompenser les efforts individuels ?

Si l'Empereur Napoléon Ier, au sortir de la révolution, a voulu que cette ancienne Académie des Beaux-Arts fût relevée de ses ruines, c'est qu'avec l'esprit pratique qui caractérisait son génie, il a voulu d'abord rétablir une institution dissoute ; mais la création des prix décennaux, invoquée dans la lettre de l'Académie, montre assez que l'Empereur voulait donner un stimulant de plus aux artistes. C'était une pierre nouvelle ajoutée à l'édifice qu'il venait de rétablir sur des débris. Alors l'Empereur Napoléon Ier se servait des éléments épars qu'il avait sous la main, et ces éléments, en ce qui touche aux arts, ne lui permettaient que d'entreprendre une restauration. Mais certainement l'Empereur ne songeait pas à doter une *aristocratie élective comme étant le plus digne couronnement d'une civilisation.* C'est fausser l'histoire que de prêter de pareils motifs à l'Empereur, organisateur des principes de la révolution.

Dans des publications récentes, on a fait ressortir le tort que le Décret du 13 novembre faisait aux jeunes gens en supprimant les seconds grands prix. La lettre de l'Académie des Beaux-Arts vient de nouveau soulever cette question. « Une des faveurs les plus mémorables qu'ait obtenue l'Académie (dit la lettre), à cette époque surtout où la guerre avait de cruelles exigences, c'était l'exemption du service militaire pour ceux qui remportaient les seconds grands prix de Rome et qui pouvaient dès lors continuer leurs études jusqu'à ce qu'ils devinssent capables de remporter les premiers grands prix. »

Il n'y avait dans l'origine qu'un seul grand prix de Rome, et l'Académie elle-même l'entendait ainsi, comme on va le voir ; mais il s'agissait d'exempter des jeunes gens de la conscription, en termes non équivoques, d'éluder la loi. Dès lors l'Académie eut l'idée de donner des seconds grands prix. Il existe dans les archives de mon administration une lettre de M. le secrétaire perpétuel de l'Académie, à la date du 6 septembre 1826, en réponse à une lettre ministérielle du 3 septembre, qui engageait l'Académie à *restreindre jusqu'à nouvel ordre l'usage d'accorder des doubles grands prix.* La réponse de M. le secrétaire perpétuel est ainsi conçue, en ce qui concerne les grands prix :

« ..... Il serait question de se demander si la révolution n'a pas multiplié outre mesure, non les prix, mais les genres d'art auxquels on les a appliqués, et qui ont on ne peut pas moins besoin de cet encouragement (*sic*) ; car si nous péchons, c'est par trop d'encouragements. Je ne saurais trop dire que le secret d'encourager aujourd'hui les arts serait de décourager habilement le trop plein des artistes.

« Ceci me conduit à expliquer la multiplication des prix de second ordre depuis vingt ans, et le nom qu'on leur donne. *Cela est dû à la conscription.* On avait exempté de la conscription ceux qui remportaient les grands prix, et on n'appelait auparavant de ce nom que le premier. On imagina, pour multiplier les exceptions, d'appeler tous les prix *grands*. Il y eut un premier grand prix, celui de la pension de Rome; ensuite un second grand prix, qui n'a qu'une médaille; enfin un deuxième second grand prix, *idem*. Voilà ce qui fait croire qu'on donne plus d'un grand prix. C'est vrai nominalement, c'est faux par le fait. »

M. le secrétaire perpétuel de l'Académie en 1825 s'élève d'abord contre l'abus des encouragements que restreint le Décret du 13 novembre; puis il explique comment la compagnie a procédé depuis vingt ans, c'est-à-dire depuis 1805, pour éluder la loi sur la conscription. L'Académie prétend-elle aussi établir un droit sur cette manière de procéder vis-à-vis la loi à laquelle tous les citoyens sont soumis, et est-ce là un de ces priviléges qu'elle suppose inattaquables ?

Dans son récent manifeste l'Académie des Beaux-Arts perd de vue presque entièrement les véritables intérêts de l'art qu'elle prétend soutenir. Son secrétaire perpétuel, en 1825, envisageait les choses à un point de vue plus élevé. Il ne peut être question dans une école d'art de former des artistes quand même, mais il s'agit de fournir aux jeunes gens doués d'aptitudes réelles pour l'art les moyens les plus étendus, les plus prompts et les plus libéraux de s'instruire; de cultiver chez eux un talent individuel, original, de le développer; puis, cela fait, de les rendre au pays, qui s'en sert et en profite. Une École des Beaux-Arts n'est pas un séminaire. Pour les paroisses il faut des desservants et des vicaires, comme il faut des maires et des maîtres d'école pour les communes. Mais un enseignement d'art doit produire la qualité et non la quantité. Si l'on admet que l'Ecole des Beaux-Arts soit un moyen d'exemption du service militaire et une pépinière d'hommes croyant embrasser une carrière assurée par l'Etat, on élèvera peut-être ainsi une classe de citoyens tranquilles et heureux, mais on ne travaillera guère au profit de l'art. L'Académie croit-elle sérieusement d'ailleurs qu'un jeune homme montrant à vingt ans des dispositions précoces pour l'art, travailleur et assidu aux études, ne trouvera pas le moyen de se racheter du service militaire, quand nous voyons chaque jour des ouvriers capables, utiles à leurs patrons, inspirer assez de confiance en leur mérite pour que l'initiative des particuliers leur donne les facilités de se faire remplacer ? Et faut-il pour cela en venir à éluder la loi ?

Quant à l'argumentation contenue dans la lettre adressée à Votre Majesté, et qui concerne les titres à donner aux lauréats des grands prix, cela, en vérité, est peu sérieux. Que les lauréats s'appellent *prix de l'Académie*, ou *prix de l'Ecole des Beaux-Arts*, ou *grands prix de Rome*, la valeur de cette récompense suprême ne paraît pas en être amoindrie ou augmentée. Que la distribution de ces prix soit faite sous la coupole de l'Institut ou ailleurs, ce n'est point là une question qui puisse influer sur les progrès de l'art; que le rapport annuel sur les prix de Rome ou les envois des pensionnaires soit fait par l'Académie en corps ou par un conseil supérieur, dans lequel certainement l'administration sera toujours heureuse d'introduire des membres de l'Institut, le résultat est le même, et pour les élèves et pour le public. La manière libérale dont le Décret du 13 novembre compose le jury qui doit juger les travaux des jeunes artistes ne peut qu'empêcher le renouvellement des scènes fâcheuses dont nous avons été témoins lors des dernières distributions des prix : car un jury tiré au sort parmi les artistes les plus justement renommés, et dont sont exclus les professeurs à l'Ecole, ne saurait être accusé de partialité.

MM. les membres de l'Académie paraissent craindre que les donations faites par quelques personnes pour faciliter les études aux élèves ne puissent avoir la même destination, après le Décret du 13 novembre.

Je ne saurais partager cette appréhension. Est-ce qu'il n'y aura pas chaque année des élèves qui remporteront les grands prix de Rome ? Quel obstacle empêchera donc l'Académie des Beaux-Arts de répartir entre eux, selon sa conscience, les arrérages de la rente de 3,000 fr. léguée par madame Leprince.

Le vœu de M. le baron Trémont ne sera pas plus difficile à réaliser ; car les candidats aux grands prix de Rome peuvent être classés par ordre de mérite, et le n° 2 représentera le second prix. Pour le prix Achille Leclère, le donateur n'a pas dit qu'il ne l'accordait qu'à la condition qu'il serait décerné par l'Académie des Beaux-Arts; il a indiqué le mode administratif qui, au moment où il testait, était pratiqué pour le jugement des candidats aux prix de Rome : et le changement de ce mode ne pourrait, à mon sens, entraîner la caducité du legs. Mais en tout état de cause, et en admettant même la caducité de ces donations, la conservation ou l'abandon de capitaux produisant une rente annuelle de 6,000 fr. ne peuvent entraver des réformes destinées à relever l'enseignement et la pratique des arts en France.

L'Académie des Beaux-Arts relève, dit-elle, *dans l'ordre administratif, du ministre de l'instruction publique,* et elle s'étonne dès lors que mon collègue n'ait pas été appelé à contre-signer le Décret du 13 novembre ; d'autant, ajoute-t-elle, que le ministre de la Maison de l'Empereur et des Beaux-Arts n'a rien de commun avec la 4e classe de l'Institut.

J'accorde volontiers ce dernier point : mais si le ministre de la Maison de l'Empereur n'a rien de commun avec l'Institut, l'Ecole des Beaux-Arts et l'Académie de France à Rome sont placées dans mon département; et si, après un examen approfondi, j'ai reconnu que des réformes devaient être apportées au régime de ces établissements, que certains rouages administratifs devaient être modifiés, qu'il convenait notamment de substituer, pour le jugement des ouvrages des élèves, un autre mode que celui qui était précédemment suivi, n'était-il pas de mon devoir de proposer seul à Votre Majesté les mesures nécessaires ? Dans quel but me serais-je concerté avec mon collègue de l'instruction publique pour réorganiser des services dont la gestion m'est exclusivement confiée et dont je suis seul responsable? La classe des Beaux-Arts a été pendant plusieurs années appelée à former le jury d'admission à l'exposition des œuvres des artistes vivants et le jury des récompenses; Votre Majesté a récemment jugé convenable, sur ma proposition, de composer le jury d'autres éléments, et un arrêté ministériel, rendu par moi seul, a consacré cette disposition nouvelle, parce que le service de l'exposition est placé dans mes attributions.

Affirmer que l'Académie des Beaux-Arts, l'Ecole des Beaux-Arts et l'Académie de Rome sont trois anneaux de la même chaîne et qu'il n'est pas possible de les séparer, c'est faire une étrange confusion, puisque l'Académie des Beaux-Arts fait partie d'une compagnie savante relevant d'elle-même et fonctionnant en dehors de l'action de l'administration, tandis que l'Académie de Rome et l'Ecole des Beaux-Arts sont des services publics, des établissements de l'Etat.

Je pourrais clore ici l'examen des questions soulevées par les signataires de la protestation; car préoccupés seulement, on peut le croire, de la conservation de leurs priviléges, ils se sont abstenus de discuter les dispositions du Décret du 13 novembre en ce qui touche à l'enseignement. Je crois néanmoins nécessaire de compléter ce rapport en indiquant, par quelques points saillants, les graves considérations qui m'ont déterminé à proposer à Votre Majesté de signer le Décret du 13 novembre.

L'enseignement à l'Ecole des Beaux-Arts était-il complet? Pour les peintres, l'enseignement se bornait à *dessiner* d'après le modèle pendant deux heures par jour; pour les sculpteurs, à modeler pendant le même espace de temps. Le professeur faisait une simple correction de la copie. Les élèves peintres et sculpteurs *pouvaient* suivre les cours d'anatomie, d'histoire et de perspective. Ces cours étaient à peu près déserts. Pour les architectes, les cours indiqués sur le tableau étaient ceux de mathématiques, de perspective, de construction, d'histoire et de théorie d'architecture. Le cours de construction était d'une insuffisance notoire, celui d'histoire peu développé, et celui de théorie n'était pas fait.

C'était donc en dehors de l'Ecole que les artistes peintres, sculpteurs et architectes pouvaient prendre des notions de leur art. L'Ecole, à proprement parler, n'était qu'un lieu de concours, et ses concours étaient jugés par les professeurs, qui s'adjoignaient, par voie d'élection, des jurés. Ces professeurs se recrutant eux-mêmes, on ne peut admettre qu'ils voulussent se donner des collègues professant des doctrines étrangères aux leurs, fussent-elles meilleures ou plus étendues.

Les jeunes gens se destinant aux arts étant nécessairement obligés de prendre l'enseignement en dehors de l'Ecole, on ne comprend pas trop sur quoi l'Académie fonde cette *unité de doctrine* dont elle parle dans sa lettre à l'Empereur. C'était donc sur les concours que cette unité pouvait reposer. En effet, la doctrine ou plutôt la formule admise par le corps des professeurs ne professant pas ou professant peu constituait un *criterium* dont les jeunes gens admis à concourir ne pouvaient s'écarter, sous peine de ne jamais obtenir de récompenses. L'Ecole des Beaux-Arts n'enseignant pas et n'étant qu'un centre d'épreuves, les ateliers particuliers n'étaient plus eux-mêmes que des lieux de préparation aux concours. Il ne s'agissait pas d'instruire la jeunesse ou de développer des aptitudes individuelles, l'originalité, il s'agissait seulement de façonner de futurs élèves de Rome, mais dans le sens absolu admis par le corps des professeurs et jurés, tous d'accord sur ce sens absolu, puisqu'ils se recrutaient eux-mêmes. On a vu avec regret, il y a quelques années, en 1855, se fermer le seul atelier d'architecture qui, depuis 1832, avait maintenu des doctrines indépendantes de l'Ecole, un enseignement élevé et libéral. De cet atelier sont sortis la plupart des meilleurs architectes chargés aujourd'hui de travaux publics ou privés; mais, pendant sa durée, pas *un seul élève* de cet atelier n'a obtenu le prix de Rome, le professeur n'étant pas membre de l'Académie.

Cependant, soutenu par les convictions profondes et le caractère honorable du maître, l'atelier était toujours plein, et, je le répète, il a fourni à mon administration une pépinière de sujets du premier ordre. Depuis la fermeture de cet atelier, l'architecture n'a réellement plus été enseignée autrement que par ces concours gradués de l'Ecole qui ont pour résultat presque unique de donner des brevets de capacité aux médiocrités patientes, ou tout au moins de ne diriger les études qu'en vue de l'obtention de récompenses promises à ceux qui savaient plier leur talent au système académique. Aussi a-t-on vu, peu à peu, depuis la réorganisation de l'Ecole en 1806, les grands prix, qui d'abord étaient donnés à des jeunes gens avant l'âge de vingt-cinq ans, ne plus être accordés qu'à des élèves ayant passé cet âge. Si l'on consulte les registres de l'Ecole des Beaux-Arts et la liste des grands prix depuis 1806 jusqu'en 1863, il est facile de reconnaître que les œuvres des artistes ayant obtenu le prix de Rome avant vingt-cinq ans sont certainement celles qui laisseront les traces les plus durables dans la collection des arts de notre siècle. De plus, la liste de ces prix fait voir que depuis 1852 un seul peintre et deux sculpteurs ont été envoyés à Rome par l'Académie avant l'âge de vingt-six ans. Un seul architecte a également obtenu cette récompense avant l'âge de vingt-cinq ans, et c'était un ancien élève de l'Ecole polytechnique. Avant 1852, au contraire, sur 49 peintres, 25 ont obtenu le prix avant vingt-cinq ans; sur 46 sculpteurs, 19 ont obtenu le prix avant vingt-cinq ans; sur 48 architectes, 14 ont obtenu le prix avant vingt-cinq ans. De cela ne peut-on pas conclure, ou que le niveau des études s'est abaissé depuis 1851, ou que le jury académique a pris le parti de n'envoyer en Italie que les artistes qui avaient fait preuve de patience plutôt que d'un talent original? Dans l'une ou l'autre de ces hypothèses, le devoir de mon administration n'était-il pas de chercher à relever le niveau des études, et de changer le mode des jugements?

Voici cette liste, instructive à plus d'un titre :

ANNÉES	PEINTRES	SCULPTEURS	ARCHITECTES
1806	Boisselier..... 28 ans	Giraud......... 23 ans	Dédéban........ 25 ans
1807	Heim......... 20	Caloigne....... 26	Huyot.......... 25
1808	Guillemot..... 21	Rutxhiel........ 28	Leclerc........ 22
1809	Langlois..... 30	Cortot........ 21 1/2	Chatillon...... 26
1810	Drolling..... 23 1/2	Auguste......... 21	Gautier........ 20
1811	Abel de Pujol.. 26	David d'Angers.. 22	Provost........ 29
1812	Pallière....... 23 1/2	Rude........ 27	Suys.......... 28
1813	Forestier...... 27	Pradier....... 21 1/2	Caristie....... 29
1814	Vinchon..... 26 1/2	Petitot......... 20	Landon....... 23 1/2
	»	»	Destouches..... 25
1815	Allaux........ 30	Ramey........ 18 1/2	Dedreux....... 27
1816	Thomas...... 24 1/2	Roman........ 23	Van Cléempute.. 21
1817	Cogniet (Léon). 22 1/2	Lebœuf-Nanteuil. 24 1/2	Garnaud........ 21
1818	Aug. Hess..... 22	Seurre......... 23	(Pas de prix.)
1819	Dubois....... 28	Dixmier........ 25	Callet........ 28
	»	»	Lesueur........ 25
1820	Contant...... 27	Jacquot........ 26	Villain........ 21 1/2
1821	Court........ 24	Lemaire....... 23	Blouet....... 25 1/2
1822	(Pas de prix.)	(Pas de prix.)	Gilbert ainé... 29
1823	A. Debay..... 19	Dumont........ 22	Duban........ 24 1/2
	Bouchot...... 23	Duret......... 19	
1824	Larivière..... 26	Seurre (Emile)... 25 1/2	Labrouste (H.)... 23
1825	Norblin...... 29 1/2	(Pas de prix.)	Duc........ 23
1826	Feron....... 24 1/2	Desprez...... 27	Vaudoyer...... 23
1827	Dupré. 24	Lanno........ 27 1/2	Labrouste (Th.).. 28
	»	Jaley.......... 25 1/2	»
1828	(Pas de prix.)	Dantan ainé..... 29 1/2	Delannoy....... 28
1829	Bezard....... 29 1/2	Debay (J.)..... 27	Constant-Dufeux. 28
	Vauchelet..... 27 1/2	»	
1830	Signol....... 26	Husson....... 27	Garrez........ 28
1831	Schopin..... 27	(Pas de prix.)	Morrey........ 25 1/2
1832	Flandrin..... 23	Brian........ 27	Leveil........ 26
	»	Jouffroy........ 26	»
1833	Roger........ 26	Simart........ 27	Baltard....... 28
1834	Jourdy........ 29	(Pas de prix.)	Lequeux...... 28
1835	(Pas de prix.)	Id.	Famin........ 26
1836	Papety....... 21	Bonassieux..... 26	Boulanger..... 29
	Blanchard..... 22	Ottin........ 25	Clerget...... 26
1837	Murat....... 30	Chambard..... 26	Guenépin...... 30
1838	Pils........ 22 1/2	Vilain........ 20	Uchard........ 29
1839	Hébert..... 21 1/2	Gruyère....... 25	Lefuel......... 28 1/2
1840	Brisset........ 30	(Pas de prix.)	Ballu........ 23
1841	Lebouy....... 28 1/2	Diebolt......... 25	Paccard....... 28
	»	Godde........ 20	»
1842	Biennourry.... 19	Cavelier........ 28	Titeux........ 28
1843	Damery...... 20	Maréchal...... 25 1/2	Tétaz........ 25 1/2
1844	Barrias...... 22 1/2	Lequesne...... 26	Desbuisson..... 28
1845	Benouville ... 24	Guillaume..... 23	»
	Cabanel...... 22	(Pas de prix.)	Normand...... 24
1846	(Pas de prix.)	Perraud........ 28	André........ 28
1847	Lenepveu.... 28	Maillet...... 24	»
	»	Thomas........ 24	Garnier....... 23
1848	(Pas de prix.)	Roguet........ 25	Lebouteux..... 30
1849	A.G. Boulanger. 25	Gumery.. ..... 23 1/2	Louvet........ 28 1/2

ANNÉES	PEINTRES	SCULPTEURS	ARCHITECTES
1850	Baudry....... 22	»	»
1851	Bouguereau... 24 1/2	Bonnardel...... 27 1/2	Ancelet....... 22
1852	Chifflard...... 26 1/2	Crauk.......... 24	»
	»	Lepère......... 25	Ginain......... 27
1853	(Pas de 1er prix.)	»	»
1854	Id.	(Pas de 1er prix.)	Diet........... 26
	Giacomotti.... 24 1/2	Carpeaux...... 27 1/2	Bonnet........ 26 1/2
	Maillot....... 28	»	Vaudremer..... 25
1855	Lévy......... 28	»	»
	(Pas de 1er prix.)	Chapu......... 22	Daumet........ 29
1856	Clément...... 30	Doublemard.... 29	»
	Delaunay..... 28 1/2	Maniglier.. .. 29 1/2	Guillaume...... 30
1857	Sellier....... 27 1/2	Tournois....... 27 1/2	Heim.......... 27 1/2
1858	Henner...... 29 1/2	(Pas de prix.)	Coquart........ 27 1/2
1859	Ulmann...... 30	Falguière...... 28 1/2	Boitte......... 29
	»	Cugnot........ 24	Thierry........ 29 1/2
1860	Michel....... 27	Barthélemy.... 27	Joyau.......... 20 1/2
1861	Lefebvre..... 27	Sanson........ 27 1/2	Moyaux........ 26
1862	(Pas de prix.)	Hiolle......... 28 1/2	Chabrol........ 27
1863	Layraud...... 30	Bourgeois...... 25	Brune......... 24 1/2
	Mouchablon... 28 1/2	»	»

Si l'on remonte plus haut, on trouve, de 1774 à 1806, trente-deux peintres et sculpteurs ayant tous obtenu le grand prix avant l'âge de 25 ans ; nous en citerons quelques-uns :

1774. Louis David, peintre, a obtenu le prix à	25 ans.
1776. Regnault, peintre...........................	23
1782. Carle Vernet, peintre.......................	24
1784. Drouais, peintre...........................	20 1/2
Chaudet, sculpteur.....................	21
1789. Girodet, peintre...........................	23
Meynier, peintre........................	23
1790. Lemot, sculpteur...........................	17 1/2
1792. Tannay, sculpteur..........................	24
1797. Guérin, peintre............................	23
1801. Ingres, peintre............................	20 1/2
1802. Bartholini, sculpteur.......................	22
1803. Blondel, peintre...........................	21

En appelant à concourir au grand prix de Rome tous les jeunes artistes, *qu'ils soient ou non élèves de l'École*, le Décret du 13 novembre rentre pleinement dans l'intention des fondateurs de ce prix ; en faisant juger les œuvres des concurrents par un jury désigné par le sort, sur une liste d'artistes ayant obtenu des distinctions méritées, et dans laquelle seront placés nécessairement les noms de tous les membres de l'Académie des Beaux-Arts, le Décret du 13 novembre rend à cette institution du grand prix une énergie qu'elle avait perdue. En faisant juger les concurrents par leurs pairs, c'est-à-

dire es peintres par des peintres, les sculpteurs par des sculpteurs, et les architectes par des architectes, ayant tous fourni des gages de leur mérite, les
garanties les plus sûres sont données aux jeunes gens et au public. Débarras-
sés de la préoccupation de se conformer aux doctrines exclusives d'un corps de
professeurs juges des travaux de leurs élèves, ceux-ci pourront retrouver cette
activité intellectuelle nécessaire au développement de l'artiste, et poursuivre
les voies nouvelles que leur ouvriront leurs goûts et leurs aptitudes. En éten-
dant le programme des cours et en rendant ces cours obligatoires, en instal-
lant des ateliers dans l'École même, le Décret du 13 novembre fortifie et assure
l'enseignement. En nommant les professeurs et ouvrant d'ailleurs des salles à
tous ceux qui voudront développer une partie de l'étude des arts, le Décret
du 13 novembre évite l'abaissement de l'enseignement, abaissement inévitable
lorsque cet enseignement est livré à un corps de professeurs se recrutant lui-
même; car il est évident que jamais ce corps ne fera entrer dans son sein un
homme ayant des doctrines étrangères aux siennes, et qu'il sera plutôt disposé à choisir au-dessous qu'au-dessus de lui. En mettant la surveillance de
l'enseignement entre les mains d'un conseil supérieur renouvelable tous les
ans par fractions, le Décret du 13 novembre met l'École des Beaux-Arts en
garde contre ces doctrines étroites et absolues, si funestes au développement
des arts.

Qu'il me soit permis, en terminant, de dire à Votre Majesté que ce n'est
point sans un profond sentiment de tristesse que je me suis livré à des critiques à l'égard d'une classe de l'Institut, moi qui, personnellement, professe
pour cette compagnie un véritable culte, et qui tiens à elle par un lien de con-
fraternité. Mais du moment que mon silence a donné lieu à une interprétation
blessante pour le Gouvernement de l'Empereur, j'ai dû rétablir la vérité des
faits si étrangement défigurés par l'erreur ou la passion.

Je fais des vœux bien sincères pour que les membres qui ont signé la protestation dans un premier mouvement de susceptibilité, qui, tous, sont dévoués à l'Emperour et à son Gouvernement, envisagent la question de réforme
sanctionnée par le Décret du 13 novembre 1863 telle qu'elle doit être envisagée, c'est-à-dire en dehors de toute considération de personnes et de système; je désire qu'ils se pénètrent de la pensée libérale et progressive qui
l'a dicté, et qu'ils viennent prêter à l'administration le concours de leur
expérience et de leur renommée pour la réalisation de mesures réclamées
depuis longtemps et devenues plus que jamais urgentes en présence de l'activité croissante de notre siècle. Si le Gouvernement de Votre Majesté n'a
pas cru devoir confier plus longtemps à l'Académie des Beaux-Arts, comme
corps, la direction des études, il a dû compter sur la coopération des
hommes éminents qui font partie de cette compagnie; et la preuve qu'il y
compte, c'est qu'il les a appelés tout d'abord au sein du conseil supérieur
dans l'organisation intérieure de l'École, et qu'ils seront tous inscrits en
première ligne sur la liste du jury.

Votre Majesté a donné des gages assez éclatants de l'intérêt qu'Elle attache
à la prospérité des arts pour que tous les hommes de bonne volonté s'em-
pressent de La seconder dans une aussi noble entreprise; mais si l'appel du

Gouvernement n'était pas entendu, s'il rencontrait un refus de concours chez les membres de l'Académie des Beaux-Arts, tout en regrettant d'être privé d'auxiliaires et de collaborateurs aussi autorisés, je n'en poursuivrais pas moins l'accomplissement de l'œuvre du Décret du 13 novembre avec la persévérance et la fermeté qui seules peuvent assurer le succès de semblables réformes.

Je suis avec respect.

Sire,

De Votre Majesté

Le très-humble et très-dévoué serviteur

et sujet,

Le maréchal de France, ministre de la Maison de l'Empereur et des Beaux-Arts,

Vaillant.

Paris, le 26 décembre 1863.

On se rappelle que, par une note insérée au *Moniteur* du 28 décembre dernier, le Gouvernement a fait connaître qu'il ne serait rien changé ni à l'esprit ni aux termes du Décret du 13 novembre 1863.

TABLE DES MATIÈRES

DOCUMENTS OFFICIELS.

Paris. — Imprimerie de Pillet fils aîné, 5, rue des Grands-Augustins.

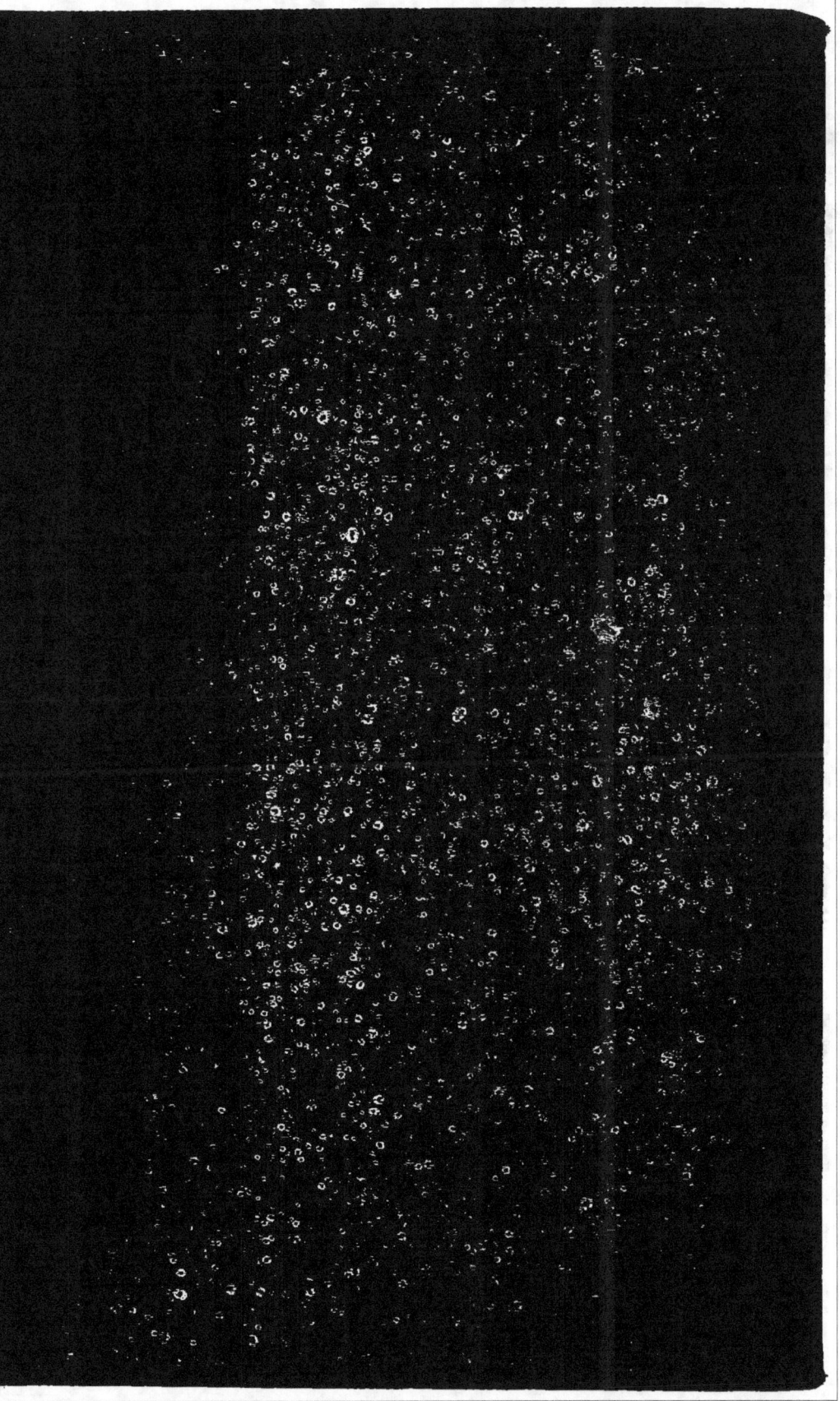